あんみつ検事の捜査ファイル

夢の浮橋殺人事件

和久峻三

集英社文庫

目次

あんみつ検事の捜査ファイル

夢の浮橋殺人事件

第一章　宇治橋《うじばし》の惨劇

1

黒い法服をまとって入廷した三人の裁判官が、正面の法壇に着席した。

「では審理を開始します」

裁判長の西沢重雄《にしざわしげお》は開廷を告げ、次いで被告人席の若い女性に向かって、

「被告人は起立して、前へ出なさい」

と声をかけた。

「はい」

と彼女は、つぶやくような低い声で答え、おずおずと法壇の下へ進み出ると、ちょっと盗み見るような眼差《まなざ》しを西沢裁判長に投げかける。

実際には、とっくに二十歳《はたち》を過ぎた年ごろなのだろうが、色白でほっそりとし

たお下げ髪の少女と言ってもおかしくない可憐《かれん》な感じの女性だった。

まずは美人の部類に入る、やさしみのこもった丸顔が印象的である。

充分に成熟しきっていないかに見える小さな胸が花柄のブラウスをほんのわずかに持ちあげているが、ノーマル丈のスカートから、すっきりと形よく伸びきった脚の線は、すでに大人のものだった。

西沢裁判長は、彼女を見下ろしながら、

「最初に人定《じんてい》質問をおこないます。あなたの氏名、年齢、本籍、住居、職業の順序でたずねますので、よく聞こえる声で、はっきりと答えてください。よろしいですね？」

「はい」

「それでは、氏名と年齢から……」

「松浦真由美《まつうらまゆみ》、二十二歳です」

「本籍は？」

「名古屋市瑞穂《みずほ》区船原町三の六の一……」

です、と彼女は、ぎこちなくつけ加えた。

「では住居は？」

西沢裁判長がたずねると、彼女は一瞬、途惑ったような顔をして、

「あの……住所を言えばいいんですか？」

「いいえ。住居です。あなたが、いま生活している場所のことです」

「それでしたら、拘置所です」

傍聴人席から無遠慮な笑い声が起こった。

西沢裁判長は、微笑《ほほえ》ましげに彼女を見つめて、

「よろしいですか？　松浦真由美さん。逮捕されたり勾留《こうりゆう》されたりする前に暮らしていた場所を言えばいいんです」

「わかりました。それでしたら、宇治市池端町十一の二『ハイツむらやま』です」

「職業は何ですか？」

「モデルをしています。絵とか写真とかの……でも、ヌードモデルじゃありません。ファッションショーにも出ました」

ヌードモデルではありませんと彼女が言ったとき、傍聴人席から、また笑い声が起こった。

先程《さきほど》笑ったのと同じ声だ。

西沢裁判長は、傍聴人席へ厳しい視線を投げやって、

「傍聴人に注意しておきます。不謹慎な態度は許しません。今度、また同じことをすれば退廷を命じますよ」

傍聴人席が、急にしーんと静かになった。

こうした訴訟指揮の態度には、おのずと裁判長の個性があらわれる。

西沢裁判長の場合、被告人に対しては、至極丁寧で親切であるが、その反面、法廷の秩序を乱すおそれのある言動に対しては厳しく対処する。

とりわけ、いまのように被告人をからかうような傍聴人の態度は厳しく戒められて当然である。

ところが、裁判長によっては、いまのようなことがあっても、見て見ぬふりをしてやりすごす無責任なタイプもある。

それが「開かれた法廷」であるかのような錯覚に陥っているのかもしれない。

西沢裁判長は言った。

「では被告人。これで人定質問を終わりますから、もとの席へ戻りなさい」

「はい」

と松浦真由美は小さな声で答え、被告人席に腰を下ろす。拘置所の二人の刑務官が両側から彼女をはさみこむようにして座った。

西沢裁判長は、検察官席に視線をめぐらせ、

「検察官。起訴状の朗読を……」

と促《うなが》した。

「承知しました」

検察官の風巻《かざまき》やよいは、起訴状を手にして立ちあがり、冒頭の部分は省略して、公訴《こうそ》事実だけを淡々とした口調で朗読した。

公訴事実とは、いわゆる起訴事実のことである。

被告人の松浦真由美が、どのような罪で起訴されたのかを簡潔な文章でまとめたのが公訴事実にほかならない。

松浦真由美は、殺人罪で起訴されていた。

驚くべきことに、その殺害方法たるや、極めて残酷で、三十四歳になる逞《たくま》しい男性の首を出刃包丁で切断したというのだから、まさに驚天動地の出来事であった。

機動捜査隊の刑事でさえも、思わず目をおおいたくなるような犯行現場の惨状を見て、慄然《りつぜん》としたという。

起訴状の朗読を終えた検察官の風巻やよいが着席すると、西沢裁判長は、再び

被告人席の松浦真由美を法壇の下へ呼び寄せて、

「被告人に言っておきます。被告人には黙秘権があり、言いたくないことは無理に言わなくてよろしい。しかし被告人自身の意思で供述したことは、被告人に有利にも、また不利にも証拠になることがありますので、心得ておいてください。よろしいですか?」

「はい」

「ところで、先程、検察官が起訴状を朗読したのを聞いていたと思うが、それについて被告人自身の意見を述べなさい」

「はい……起訴状に書いてあることは、でたらめです。私が出刃包丁で被害者の首を切断し、殺害したというのは嘘《うそ》です。私は誰も殺していません」

思いのほか、松浦真由美は、すらすらとよどみなく陳述し、起訴事実を全面的に否認した。

事前に弁護人から、このように言いなさいとアドバイスされていたからだろう。

西沢裁判長は言った。

「それでは、被告人が犯行現場において、血まみれの出刃包丁を手にして茫然《ぼうぜん》と突っ立っているところが目撃されたむねの記載が起訴状にありますが、それについては、どのような申し立てをしますか？」

と法壇の上から身を乗り出すようにして西沢裁判長がたずねた。

松浦真由美は途惑《とまど》いの色もみせずに、こう答えた。

「私、そういうことは何もおぼえていません」

「記憶がないと言うんですか？」

「はい。どこで何をしたのか、全然おぼえていないんです。気がついたときには、警察の留置場にいました。そのほかのことは何も記憶にありません」

「わかりました。それでは、ここで弁護人の意見をうかがっておきましょう」

と言って、西沢裁判長は弁護人の内海哲史《うつみてつじ》を見やった。

内海哲史は、大阪弁護士会に所属し、刑事事件を受任することが多く、彼が弁護人になると、ほとんどの被告人が公判段階で起訴事実を全面的に否認してしまう。

たとえ、捜査中に警察で犯行を認めていても、公判になり、彼が弁護人になったとたんに、その被告人は起訴事実を全面的に争い、結局のところ、公判が長びく。

察するところ、内海哲史は、検察側の主張をすべて争ってさえいれば、公平な裁判が行われ、人権を擁護《ようご》することになるのだと思いこんでいるかのようだ。

そういうタイプの弁護士は、決して珍しくはないが、それにしても、内海哲史が松浦真由美の私選弁護人になったこと自体、検察側にとっては歓迎すべきことではなかった。

何はともあれ、風巻やよいにしてみれば、この先、嫌《いや》な弁護人と法廷で渡り合うことになるのかと思うだけでも気が滅入《めい》ってくる。

風巻やよいが前任地の大阪地方検察庁に勤務していたころから、内海哲史とは、なぜか息が合わなかった。

今回、大阪を離れ、京都地方検察庁宇治支部の支部長として当地に転任してきたというのに、またもや内海哲史と法廷で顔を合わせることになるとは、彼女としても思ってもみないことだった。

実のところ、これから審理される予定の殺人事件は、風巻やよいが捜査を指揮したのではないし、起訴に持ちこんだわけでもなかった。

彼女の前任者が捜査検事として事件に関与し、起訴したのが本件であり、もともと彼女には馴染《なじ》みの薄い事件であった。もちろん事件記録はすべて読みとおしたが、もう一つピンとこない点が多々あった。

頼りになるとすれば、捜査を担当した城南警察署の捜査官くらいのものだ。都合のいいことに、城南警察署の第一線指揮官である石橋大輔《いしばしだいすけ》警部補は、仕事熱心で行動力があり、頭も切れそうだから、何かにつけて役に立ってくれるだろうと風巻やよいは期待していた。

目下、法廷では弁護人の内海哲史が滔々《とうとう》と熱弁をふるっていた。

彼は、用意してきた弁論要旨を手にして、しきりに被告人の無罪論をぶち上げているのだった。

弁護人が大きな声で長々としゃべりまくれば、被告人は安心する。熱心に弁護してくれているものとばかり被告人は信じるからだ。

しかし、裁判官や検察官の目から見れば、必ずしもそうではない。

プロの目は厳しい。弁論の内容が空虚で説得力がなければ裁判官にアピールしないし、検察官の失笑を買う。

だが、裁判には素人の被告人には見わけがつかず、ただ弁護人の声が大きく、熱意のこもった口調で弁論しているのをみて喜ぶものだ。

当然に弁護料も高くなるという仕掛けになっているもののようだ。

内海弁護人は、そういう依頼人の気持ちを経験的に知り尽くしているらしく、いまも熱心に点数稼ぎをしていた。

それにしても、松浦真由美のような若い女性が、内海哲史みたいに金のかかる私選弁護人をつけることができたというのは、いったい、どういう事情によるものなのかと風巻やよいは不思議な気がした。

もしかすると、目の玉が飛び出るほど多額の弁護料を松浦真由美のために支払うことのできる陰の人物がどこかにいるのではないかと風巻やよいは疑った。

何よりも、不可解なのは、被告人の松浦真由美の気のりのしない態度だった。もしかすると松浦真由美には、自分が裁かれようとしているのだという自覚がないのではないか。

内海弁護人が、熱弁をふるってくれているにもかかわらず、肝腎の松浦真由美は、一向に関知しないかのように涼しげな顔をして被告人席に座っているのだった。まるで他人《ひと》ごとのような冷淡な態度である。

これでは内海弁護人としても張り合いがないだろうにと思いはするが、そこは、やはり弁護料をもらっているからには、やるだけのことはやるよりほかないと彼としても割り切っているのだろう。

最後に、内海弁護人は一段と声を張りあげ、こう言って弁論をしめくくった。

「……以上のとおりですから、被告人の無罪は明白であり、本件起訴は不当と言うよりほかありません。何よりも、ここに座っている被告人をご覧になれば一目瞭然《りようぜん》ではないでしょうか。このようにあどけなく可憐な松浦真由美が、およそ出刃包丁などという、おぞましい凶器を手にして、三十四歳にもなる屈強な奥村《おくむら》卓夫《たくお》の首を切り落とし、殺害したなどと誰が信じるでしょうか。まったく本件起訴は検察側の偏見に基づく独断と言うよりほかありません」

そう言って、内海弁護人は歌舞伎《かぶき》役者よろしく壇上の三人の裁判官を睨《にら》みつけ、大見得《おおみえ》を切った。

確かに、少女マンガのヒロインのように可憐な松浦真由美が、出刃包丁などという不粋な刃物をふるい、腕っぷしの強そうな青年の首を切り落としたとは、事実関係を知らない傍聴人の目には、およそ荒唐無稽《こうとうむけい》なフィクションのように思えてくることだろう。

実際、風巻やよい自身にしてからが、事件記録を精査するまで、そんな気がしてならなかったのである。

2

第二回公判が開かれ、事件の第一発見者である宮垣正二郎《みやがきしょうじろう》が検察側の証人として召喚された。

宮垣正二郎は、宇治の茶問屋のご隠居で、当年七十二歳になるが、血色もよく足腰もしっかりしており健康そのもののようだ。

証人席に立った宮垣正二郎に向かって、西沢裁判長は、まず宣誓するように求めた。

「宮垣正二郎さん。それでは宣誓していただきます。いま職員が宣誓書を持参しますので、それを手にとり、よく聞きとれる声で朗読してください」

そう言ったときには、もう廷吏が証人席の台の上に宣誓書を置いていた。

宮垣正二郎は、教科書でも読むように一字ずつ、丁寧に区切って宣誓書を朗読する。

「良心に従って、ほんとうのことを申し上げます。知っていることをかくしたり、ないことを申し上げたりなど決していたしません。右のとおり誓います」

朗読を終えた宮垣正二郎は、廷吏の指示にしたがい、宣誓書の末尾に署名捺印《なついん》した。

それを見とどけると、西沢裁判長は、こう言って、宮垣証人を説諭した。

「宮垣正二郎さん。いま宣誓されたように、真実を述べていただきます。もし、記憶に反した内容の証言をすると、偽証罪として処罰されることもありますので、注意してください。わかりましたね？」

「よくわかりました」

「では、そこの椅子《いす》に座って証言してください」

「失礼します」

と宮垣証人は壇上に向かって、ちょっと会釈してから椅子に腰を下ろす。

「検察官。では主尋問《しゆじんもん》を……」

西沢裁判長に促され、検察官席の風巻やよいは、事件記録を手にして立ち上がった。

「宮垣さん。それでは、検察官からおたずねします。事件当時のことをよく思い出して、正確に答えてくださいね」

「はい……」

と答えて宮垣証人は、真っ直ぐ正面を見つめながら質問を待っていた。

風巻やよいは言った。

「九月十二日早朝、あなたが宇治橋付近で目撃したことを証言していただきたいんですが、まず、当日の朝、何時ごろに家を出たのか、そのことから話してください」

「はい。毎朝、私は夜が明けるのと同時に起きるんです。これは長年の習慣でして、その時刻になると、おのずから目が覚めます」

「ずいぶん健康的ですわね。起きてから散歩にでもお出かけになるんですか？」

「そうです。柴犬《しばいぬ》のタケオを連れて散歩に出るんです。コースはだいたい決まっておりまして、宇治橋西詰の『夢浮橋《ゆめのうきはし》』の古蹟《こせき》のそばを通り、川沿いの道を上流へ向かって歩きます」

「いわゆる『あじろぎの道』と呼ばれているコースですね？」

「そうです。つまり宇治川左岸を上流へ向かって散歩するわけですが、古来、付近一帯では、網代《あじろ》を仕掛け、川魚を捕獲していたことから、いまでも『あじろぎの道』と呼ばれているんです。しかし、当日の朝は、たまたま事件に遭遇して行けなくなりましたがね」

「その事件のことをうかがいたいんです。現場を目撃するまでの事情を、まず話していただけますか？」

「はい。『夢浮橋』の古蹟前をすぎると交番があります。その少し先が宇治橋ですが、橋を渡らずに宇治川沿いの道を上流へ向かいます。そこが『あじろぎの道』で、いつもの散歩のコースですが、突然、タケオが煩《うるさ》く吠《ほ》えはじめましてね。いつもの吠え方と違うものですから、ヘンだなと思って……」

「いつもの吠え方と違うというのは？」

「ちょうど宇治橋の西詰まできていたんですが、橋の下に何かあると嗅《か》ぎつけたらしく、猛然と吠えたてながら、私を引っ張って行こうとするんです。柴犬は、本来、猟犬の血を引いていますので、獲物を見つけると激しく吠えるものなんですよ」

「宮垣さん。そのときの時刻がわかりますか？」

「午前六時ごろではなかったかと思います」

「時計を見たんですか？」

「いいえ。家を出たのは午前五時四十五分でした。それはおぼえています。家から宇治橋の西詰までは、約十五分とみておけばいいわけで……」

「だから、午前六時ごろだったとおっしゃるんですね。よろしいでしょう。先をつづけてください」

「はい。タケオは、宇治橋の西詰のちょうど橋の下あたりに何かを見つけたらしく、そっちのほうに向かってしきりに吠えていました。橋の下に何かあるらしいんですが、道路側からは見えません。どうせ、野良犬でもいるんだろうと思ってタケオを引きたて、『あじろぎの道』に沿って上流へ歩いて行こうとしたんですが、タケオは、ますますいきりたって……もう、そのとき、『あじろぎの道』を七、八メートルばかり進んでいたんですが、それでも、なお、タケオは後ろをふり返り、猛烈に吠えたてるんです。そのとき、ふと橋の下に何か白いものが見えました」

「白いものというのは？」

「何か白いものを着た人が立っているようでした。私は、眼鏡をかけなくても遠くは見えるんです。新聞を読むときは眼鏡をかけますが……」

宮垣証人は、いくぶん多弁の嫌いはあったが、細かく事実を観察していた。

「宮垣さん。それで、結局、どうしたんですか？」

「あまりにタケオがしつこく吠えるので、私も、ちょっと気になり、タケオに引っ張られるままに後戻りしました」

「橋の下へおりたんですか？」

「はい。石段がありますので……」

「宇治橋の西詰と言いましたが、橋の南側にあたるわけですか？　それとも北側？」

「南側です。とにかく橋の下へおりてみると、白いセーターを着た女の子が立っていました。何というか、放心したような姿で……」

「その女の子は、あなたのほうを向いて立っていたんですか？」

「そうです。要するに南向きに立っていたわけです。ちょうど橋の下を三、四メートルばかりくぐったあたりの水際に立っていたんです」

「午前六時ごろなら、明るかったでしょうね？」

「はい。夜が明けきった直後でした。とは言っても、橋の下は、昼のうちでも少し暗いんですが、あの日は晴天で陽《ひ》の光が強く、かなりよく見えたんです」

「何がですか？」

「その女の子がですよ。ショックだったのは、白いセーターが真っ赤な血に染まり、よくよく見ると右手に刃物を持っているじゃありませんか。いいえ、持っているというより、何となくぶら下げている感じでした。それにも、べっとり血がついて……」

「その女の子は、あなたに気づいていましたか？」

「それも、よくわからないんです。私のほうは見ていなかったように思うんですけど……」

「それじゃ何を見ていたんでしょうか？」

「死体ですよ。彼女の足元に転がっていた死体です。いいえ、死んでいるかどうか確かめたわけじゃありませんけど、あの様子からして、生きているはずはないんです」

「と言いますと？」

「首が切断されていたからですよ。そうとわかったとき、さすがの私も、足がすくんで、硬直したように呆然《ぼうぜん》と突っ立っていたように思います」

「その間、その女の子は、あなたに気づきましたか？」

「さあ、どうでしょうか。女の子は、じっと死体を見つめていたように思うんです。たぶん、私のことなんか念頭になかったんじゃないですかね」

「その死体ですが、どういう状態でした？」

「死体は仰向《あおむ》けになっていました。頭が水際と反対のほうを向いて……要するに斜《なな》めに横たわっていたわけです」

「すると、男の足のほうが水際近くにあったんですか？」

「そうです」

「ほかに何を見ましたか？」

「切断された頭部が胴体から少し離れたところに転がっていました」

「顔はどちらを向いていましたか？」

「上を向いていました」

「そうしますと、顔が上を向き、胴体も仰向けだったと、こういうわけですか？」

「そのとおりです。頭部と胴体が切り離され、三、四センチばかり間隔が空いていました」

「ずいぶん正確に記憶しておられますね。鑑識課員が撮影した写真と、あなたの証言とは、ほとんど違いがないくらい正確です」

「そりゃそうでしょう。何しろ異常な体験ですから、鮮明に記憶に焼きついてしまったんだと思うんです」

「男の服装はおぼえていますか？」

「スーツを着てネクタイをしていました。スーツは黒っぽいスーツです。短靴も黒だったと思います。シャツは白で、血に染まって……それから、いまでも強烈に記憶に焼きついているのは、白いワイシャツに臙脂色《えんじいろ》のネクタイを結んだままの状態で首のところから切り離されていたってことです。ぎょっとしましたね、あれを見たとき……何と言いますか、デパートのネクタイ売場なんかで、顔のないマネキンが白いワイシャツにネクタイを結んでいるのを見かけますが、ちょうど、あの感じなんです。しかもですよ、白いワイシャツが真っ赤な血に染まっていたんですから、そりゃもう何というか、異様な感じでした」

「それで、あなたはどうしたんですか？」

「警察へ知らせなければと、吠えるタケオを引ったてながら石段を駆け上がったんです。近くに交番があったのを思い出して……」

「交番には巡査がいましたか？」

「いいえ。ドアは開いていたんですが、誰もいません。奥へ向かって声をかけても返事がないんです。ですから、そこにあった警察電話の受話器をあげ、本署へ連絡しました」

「警察電話を使って通報したんですか？」

「そのほうが早いと思って……ところが、電話に出た警察官が、ずいぶん失礼な男で、『警察電話を勝手に使うとはけしからんじゃないか』なんて怒りだしたんです……私も頭にきましてね。『何を言ってんだ！　宇治橋の下で人が死んでるんだ。容疑者らしい女性が死体のそばに突っ立ってるし……早くパトカーをよこさないと、取り返しのつかないことになるよ』と言って怒鳴り返してやりましたよ。それでも、その警官は、私が警察をからかっているんじゃないかと疑ったらしく、本気にしないんです。私は、自分の住所や名前を告げたあと、その警官の名前を聞こうとしたら、『名前なんか教える必要はないんだ』などと偉そうな口をきくんです。まったく、あれこそ税金ドロボーですよ」

「それで、どうしました？」

「仕方がないので、ガチャンと電話を切り、交番を飛び出したんです。ちょうど、そのとき空車のタクシーが通りかかったので手をあげて止め、家まで乗って帰ろうとしたんですが、犬を連れているから乗せないって、そう言うんです。まったく、どうして、こうも頭の堅いわからず屋ばかりがそろってるんだろうって……」

「それで？」

「宇治橋の下で人が死んでるから、タクシー無線を使って警察へ連絡してくれと運転手に言ったんです。すると、その運転手は、『タクシー無線は業務用だから、そんなことには使えない』って……そればかりじゃありませんよ。『言っとくが、今度タクシーに乗るときは、犬を家においてくるんだぞ』なんて捨て台詞《ぜりふ》を残して走り去ってしまったんです」

「ずいぶん、苦労なさったんですね。せっかく警察へ事件を通報しようというのに協力を拒む人たちばかりで……」

「そうですとも。日本人というのは、どうして、こうも自分の都合ばかりしか考えない国民なのかと思うと情けなくて……」

「ほんとですね」

と風巻やよいが相槌《あいづち》をうち、次の質問に移ろうとして、ふと弁護人席を見ると、内海哲史が白い歯をむいて笑っているではないか。

笑い声はたてないが、その笑い顔には、いかにも宮垣正二郎を小馬鹿《こばか》にしたような軽蔑《けいべつ》の色がこめられていた。

宮垣自身も、それに気づいたらしく、不意に立ち上がったかと思うと、弁護人席を指さし、語気鋭く詰め寄った。

「弁護人に言いたい。犯罪を目撃したなら、警察に通報するのは市民の義務ではないか。私は、その義務を果たそうとしただけだ。それなのに何ですか？　あなたの態度は……そんなに私のしたことがおかしいんですか？」

いきなり証人に怒鳴りつけられ、さすがの内海哲史も面食らったらしく、鳩《はと》のように丸い目をむいて宮垣正二郎を見つめている。

証人尋問中に、いきなり証人が弁護人を叱《しか》りつけるなんて、たぶん前例のないことだろう。

ここで西沢裁判長がどうするか、興味しんしんの面持ちで、風巻やよいは事態を見守っていた。

気まずい沈黙が落ちた。

誰一人として口をきかない。

それもそのはずである。質問者の風巻やよいが口を閉ざしているのだから、尋問が進行するはずはないし、宮垣証人にしてみても、それ以上、口のききようがない。

やっと西沢裁判長は、この気まずい雰囲気を何とかしなければと悟ったらしく、内海弁護人にむかって、

「弁護人。何か言うことがありますか？」

これも妙な問いかけだが、西沢裁判長としては、ほかに言葉が見つからなかったのだろう。

内海弁護人は、ちょっと腰を浮かせるようにして、

「いいえ。何も言うことはありません。ただ私としては、証人をからかう気持ちは毛頭なかったんです。それだけは言っておきたいと思います」

「何を言ってるんだ。にやにや笑っていたじゃないか。あんた弁護士だろう？法廷で嘘をつくつもりかね？」

宮垣証人は、あとへは退《ひ》かないぞとでも言うように肩を怒らせ、内海弁護人を睨んでいる。

ここで内海弁護人は、ひと言、謝罪しておけばいいのに、彼としても意地があるらしく、固く口を結んだまま、証人席の宮垣正二郎を睨《にら》み返している。

西沢裁判長は、何とかしろと言わぬばかりの顔つきで、風巻やよいを見ていた。西沢裁判長の胸中は、彼女にもよくわかっていた。この種のトラブルには介入したくないのだ。あくまでも局外中立の立場を堅持したいらしい。

仕方なく、彼女は、こう言った。

「内海弁護人。あなたがいけないんですよ。尋問中に、おかしくもないのに笑っ

たりするからです。謝罪しなさいよ。宮垣証人に対して……」

「いや、私は笑っていませんよ。何を言うんですか？　検察官。失礼な！……」

こうなったら、西沢裁判長としても、ほうってはおけないと悟ったものとみえ、内海弁護人に注意をうながした。

「弁護人。あなたが笑っていたのは私も見ましたよ。このさい、潔《いさぎよ》く宮垣証人に謝るべきです。そうでもしなければ、証人尋問が進行しません」

ますます状況が不利に傾いてきたのを自覚したのか、内海弁護人は席を立つと、証人席の宮垣正二郎を見やって、

「宮垣さん。もし私に不謹慎な態度があり、お気に障《さわ》ったのなら、潔く謝罪したいと思います」

「思います？　思いますだけじゃ、どうにもならんでしょう。謝るなら、男らしく頭を下げなさいよ」

宮垣証人は、ますます調子づいてきた。

確かに、これは正論である。

「わかりました。このとおりです」

内海弁護人は、面映《おもはゆ》げな顔をしながらも、ぎこちなく頭をさげた。

西沢裁判長は、ほっとしたらしく、憑《つ》きものがおちたように晴れ晴れとした表情を風巻やよいに向けながら、

「では検察官。主尋問を続行してください」

「承知しました」

風巻やよいは、吹き出したくなるのを堪《こら》え、証人席の宮垣正二郎に向き直った。

いまのように、検察側の証人に対して侮辱《ぶじょく》的な態度をとる弁護人がいるのは事実であり、内海哲史に限ったことではない。

そうしたことも、依頼人へのサービスの一つだと弁護人は考えるらしいが、それこそ不当な過剰サービスというものだ。

とりわけ、最近、弁護士人口が増え、競争が激しくなったこともあって、そういうのが目立つようになった。

こういうときは、裁判長としても、厳しい態度で臨むべきだが、なるべくなら弁護人とトラブルを起こしたくないという気持ちからか、よほどのことがなければ介入しない。

風巻やよいは、こういう裁判官たちの事なかれ主義の風潮を、つねづねから不快に思っていた矢先のことであり、彼女としても溜飲《りゅういん》が下がる思いがした。

それにしても、宮垣正二郎は、なかなか気骨のある人物だと感心しながら、彼女は質問をつづけた。

「宮垣さん。結局のところ、どういう手段で警察へ連絡をとったんですか?」

「何しろ散歩の途中ですから、携帯電話も持っていないし、どうしようかと思って宇治橋の袂《たもと》に立っていました。通りがかりの車を止めるのが早いか、それとも家へ帰って電話をするほうがいいのかなんて、あれこれ考えながら……早朝なので商店は、まだ開いていません。通行する車も極端に少なく、みんな急いでいるらしくて、手をあげても止まってくれないんです。仕方なく家へ帰ることにして歩きはじめたとき、バイクが一台、こちらへ向かって走ってきました。リュックや釣竿《つりざお》なんかを背負ってバイクを運転している五十がらみの人でしたが、合図をすると止まってくれて、『そういうことなら、私の携帯電話を使ってください』と言って電話を貸してくれたんです。それで警察へ連絡しました。いずれにしても、こんなにやきもきさせられるとは思ってもみませんでしたよ」

「お察ししますわ、宮垣さん。それから、どうなりました?」

「二、三分でパトカーがやってきました。警官に事情を話し、橋の下の現場へ案内したんです。そのときも、まだ、その女の子は血のついた刃物を右手にぶら下げたまま、気抜けしたような顔をして死体のそばに茫然と立っていたんです。それを見て、薄気味悪くなってきましてね。気でも狂ったんじゃないかと思って……やがて、機動捜査隊のジープやら鑑識のワゴン車なんかが駆けつけ、現場一帯に縄張りが張られたんです。もう、そのころになると、近所の人たちがぞろぞろ集まってくるやら、テレビ局が駆けつけてくるやらで、だんだん騒がしくなってきました」

「なるほど。それで?」

「現場で指揮をとっている警部補の人が、わざわざ私のところへやってきて、謝罪されたのをおぼえています。実に礼儀正しい人で、『本署のほうで手違いがあり、宮垣さんに失礼な態度をとったりして、まことに申しわけありません。私が署長に代わってお詫びします』と言って……よければご自宅まで送らせますとおっしゃったんですが、そうまでしていただかなくてもと断り、タケオを連れて帰宅しました」

「あなたに謝罪した警部補というのは、石橋大輔じゃありませんか?」

「その石橋さんです。名刺をいただきましたから名前を覚えているんです。警察官は、あれでなくてはなりません。とにかく、家へ帰っても、まだ興奮がおさまらず、気持ちが昂《たかぶ》って……退屈な毎日を過ごしている近ごろの私にしてみれば、忘れられない体験でした。夕方になって、もう一度、タケオを連れて散歩に出ましたが、まだ、そのときにも現場一帯には捜査員が散開し、遺留品なんかを探しておられるようでした」

「宮垣さん。最後に、一つだけ確認しておきますが、あなたが宇治橋下の現場で見かけた女の子というのは、この法廷におりますか？」

「はい。いま被告人席に座っている女の子です。間違いありません」

宮垣正二郎は、被告人席の松浦真由美を見つめながら答えた。

松浦真由美は、悪びれもせずに、クールな表情で宮垣正二郎を見返した。

3

検察官である風巻やよいの主尋問が終わると、西沢裁判長は弁護人席を眺めやり、こう言った。

「反対尋問があれば、どうぞ」

「では、反対尋問を……」

と言って、内海弁護人は立ち上がり、証人席の宮垣正二郎を睨みつける。

先程のしっぺ返しをするつもりなのか、内海弁護人は意地の悪い質問をはじめた。

「宮垣さん。あなたは、ずいぶん克明に現場の模様を証言しましたね。凄惨《せいさん》な殺人現場を目撃した場合、普通なら腰を抜かし、おろおろしながら逃げ出すと思うんですが、あなたは、どういうわけか冷静だったようです。どうしてですかね？」

「どうしてなのかなんてたずねられても、答えようがありません。私は、そういう質《たち》の人間なんだから……」

なかなか的確な証言だった。

弁護人にしてみれば、意地悪をするつもりだったのに、体《てい》よく肩すかしを食らわされたかの感があった。

しかし内海弁護人は、何食わぬ顔をして、

「しかもですよ、死体の様子まで克明に証言しています。死体の頭部がどちらを向いていたとか、どういう色のネクタイをしていたとか、普通なら見落とすような細かなことまでおぼえておられる。ここらあたりのことが不思議でならないんですよ」

「弁護士さん。それじゃ、うかがいますが、現場の模様を克明に記憶しているのは、おかしいとでも？」

「宮垣さん。質問しているのは私であって、あなたじゃない。あなたは、ただ私の質問に答えていればいいんです」

「これはこれは……ずいぶん失礼な言い方ですね。弁護士は、そんなに偉いんですか？　まったく、あきれて物も言えん」

と宮垣正二郎は、薄ら笑いを浮かべながら、そっぽを向いてみせる。

何しろ、宮垣証人は七十二歳のご隠居で、社会生活の第一線から退《しりぞ》いた人物である。

多少のことは大目にみるべきなのに、内海弁護人は、出鼻をくじかれ、プロとしてのプライドを傷つけられたと、内心、腹をたてているらしくて、なおも執拗《しつよう》に宮垣正二郎を小突きまわそうとする。

「宮垣さん。宇治橋の下の現場に居合わせた女の子は、いま、ここに座っている被告人に間違いないと、あなたは証言しましたが、確信があるんですか？」

「確信のないことは証言しませんよ」

こういうぶっきらぼうな態度が、自尊心の強い内海弁護人の感情を刺激することくらい、宮垣正二郎にはわかっていたはずだ。

わかっていながら、あえて内海弁護人に挑みかかろうとする宮垣正二郎の態度も、これまた大人げない。

「宮垣さん。あなたは、交番へ飛びこんだが、巡査がいなかったので警察電話を使った。そのために誤解を招いたわけですが、その点、反省していますか?」

「反省? どうして私が反省しなくちゃならないんですか。警察電話を使うのは間違ったことだとでもいうんですか?」

「宮垣さん。先程も言いましたように、質問しているのは私なんです。あなたじゃない」

「弁護士さん。私は証言しているのであって、質問なんかしていませんよ。いいですか? 文章が疑問文だからと言って、質問しているなどと思いこむのは、国語力の貧弱さを示すものでしょう」

宮垣証人は、へらへら笑う。

とうとう、内海弁護人は堪忍袋の緒《お》が切れたものとみえ、顔を真っ赤に充血させ、憤然として言ってのけた。

「裁判長。宮垣証人に注意していただきたい。こんなことでは反対尋問ができません」

西沢裁判長は、困ったような顔をして、検察官席の風巻やよいを見つめながら、目顔で発言をうながした。

風巻やよいは、笑いを嚙《か》み殺して立ち上がると、

「内海さん。あなたもプロの弁護士なら、それらしくしたらどうですか。法廷で、たまたま証人にやりこめられたからと言って、片意地はることもないじゃありませんか。よく聞きなさいよ。あなたが感情的になっているから反対尋問ができないのであって、それはあなたの責任です。そうでしょう？　自分の責任を棚にあげて、第三者である証人にあたり散らすなんて間違っています。反省すべきは、あなた自身ですよ」

風巻やよいは、ぴしりと平手打ちを食わせる思いで、そう言ってやった。

すると、今度は、内海弁護人の怒りが風巻やよいに向けられようとした。

内海弁護人は唇をわなわな震わせながら、風巻やよいに食ってかかろうとするのを見て、西沢裁判長が割って入った。

「弁護人に注意します。検察官の言ったとおりです。あなたもプロなら、こういうとき、冷静に対処すべきです。証人の態度が気に入らないからといって、怒っ

てしまっては話になりません。よろしいですか？　宮垣さんは、みずから進んで捜査に協力し、裁判所へも出頭して証言してくれているんですよ。要するに真実発見のために必要不可欠な証人なんです……とにかく私としては、あなたの気持ちが鎮《しず》まるまで審理を中断するよりほかないと思っているんですがね」

西沢裁判長は、たたみこむような口調で内海弁護人を説き伏せた。

こうなると、さすがの内海弁護人も、引き下がるよりほかないと観念したらしくて、

「裁判長。申しわけありません。私としたことが、つい興奮してしまって……」

と言いながら、証人席の宮垣正二郎を見やって、

「宮垣さん。では、一つだけおたずねしておきます。あなたは、交番の警察電話を使ったり、現場の状況を詳細に記憶していたり、普通の人ではできないような能力を持っておられる。これには、何か理由があるんですか？」

「理由なんてありませんよ。かつて私は警察に勤めていたことがありますので、そのときの経験がものを言ったんでしょう」

「警察に勤めていたって？　これはこれは……茶問屋のご隠居ではなかったんですか？」

「私は、当地の茶問屋の次男に生まれたんです。当初、兄が家業を継いでいたんですが、四十二歳で病死しましてね。そのころ、私は大阪府警捜査一課の警部補でしたが、家業を継ぐため、やむなく退職したんです。それ以来、茶問屋の主人として、一昨年暮れまで頑張ってきましたが、息子が家業に専心すると言ってくれたので、すべてまかせることにして、私は隠居したんですよ」

「それを早く言ってくれればよかったのに……」

「おや。言うも言わないも、質問しなかったから答えなかっただけですよ」

これも、また、素っ気ない証言だったが、もはや内海弁護人としては、トラブルを避けたいという気持ちが強いらしく、あえて逆らったりはしなかった。

4

午後も引きつづいて公判が開かれ、城南警察署の石橋大輔警部補が検察側の証人として召喚された。

彼は、将来を嘱望された三十二歳の独身捜査官だった。

上級幹部採用試験に合格したエリート組ではなく、巡査から這《は》い上がってきたノン・キャリアの警察官なのに、その年齢ですでに警部補とは異例の昇進と言えるだろう。

彼は、スポーツマンタイプで人なつっこく上司の信頼も厚く部下からも慕われていた。

そのうえハンサムときているから、何かにつけて女性に騒がれるが、本人は毅《き》然《ぜん》たるもので、浮いた噂《うわさ》も聞かない。

人定質問の後、宣誓を終えた石橋警部補は、まず検察官の風巻やよいの主尋問をうけた。

「あなたは、九月十二日早朝、宇治橋西詰の橋の下で発生した殺人事件について、捜査の指揮をとりましたね？」

彼女がたずねると、石橋警部補は、歯切れよく、こう答えた。

「おっしゃるとおり、初動捜査の指揮をとりました」

「現場へ到着したのは、何時ごろでしたか？」

「午前六時半ごろです。前夜は、たまたま当直でしたので、通報があって間もなく、捜査員や鑑識課員をともなって現場へ向かいました」

「あなたが現場へ到着するまでの間、犯行現場は、どのようにして保存されていましたか？」

「通報と同時にパトカーが現場へ急行し、現場維持にあたっていました。パトカーが到着するまで、通報者の宮垣正二郎さんが宇治橋西詰に立ち、パトカーの到着を待ってくれていましたので、犯行後、現場の模様が変更された可能性は、まったくありません」

「その宮垣正二郎さんですがね。奇特なことに、現場近くの交番の警察電話を使って城南警察署へ通報してくれたにもかかわらず、電話をうけた巡査部長が軽率にも、いたずら電話だろうと端《はな》から決めてかかり、せっかくの協力者を怒らせてしまうという恥ずべき出来事がありましたね。それについては、どう対処しましたか？」

「その巡査部長から話を聞いていましたので、現場へ到着すると、早速、宮垣正二郎さんに丁重に謝罪しておきました。近ごろ、一般市民の方々が警察への協力をしぶり、われわれの捜査が何かとやりにくくなっている現状から言っても、その巡査部長の態度は遺憾《いかん》の極みです。報告をうけた署長は、翌朝、全署員を集めて、今後、二度と今回のような手落ちがないように厳しく訓示されています」

「今回に限らず、ときおりあることですが、わざわざ刑事課へ情報を提供してくれた市民を邪険に扱ったり、素人のくせにと、あからさまに口に出して協力者を邪魔者扱いする捜査員もいると聞きますが、事実ですか？」

「はい。ときとして、そういう醜態をさらすことがあるのも事実です。刑事課に所属する中堅幹部のなかからも、そういう例が明るみに出たことがあり、われわれとしては充分に戒めなければならないと考えています」

「そうですわね」

と風巻やよいは事件記録に視線を落としながら、

「では、第一線の指揮官として現場に臨み、初動捜査を開始した結果、どういう結論を得たか、そのことを証言してください」

「はい。被害者の男性は首を切断され、死亡していましたが、検視の結果、死後三十分以内ではないかと推定されました。これは司法解剖の結果とも一致しています」

「すると、死亡推定時刻は、当日の午前六時ごろと考えていいわけですか？」

「ほぼ間違いないでしょう。第一発見者の宮垣正二郎さんの供述などから考えても、それは言えます」

「現場には容疑者とみられる人物がおりましたか？」

「はい。右手に凶器を手にした女の子が放心したような表情で現場に突っ立っていました。身につけていた白いセーターが鮮血に染まり、凄惨な現場の模様と相まって、思わず目をそむけたくなるような、おぞましい光景でした」

「女の子が手にしていた凶器は、どのようなものでしたか？」

「出刃包丁です。刃渡り二十一センチの大ぶりの出刃包丁で、相出刃《あいでば》と呼ばれている類《たぐい》のものです」

「業務用の出刃包丁ですか？」

「必ずしもそうとは限りませんが、家庭用としては大きめの出刃包丁です」

「その出刃包丁の出所はわかりましたか？」

「はい。被告人の松浦真由美のマンションのキッチンにあった出刃包丁です」

「被告人は、そのことを認めましたか？」

「被告人は、犯罪事実のすべてについて、当初、黙秘をつづけていたんですが、勾留四日目くらいから、ぽつりぽつりと供述をはじめたんです。出刃包丁についても、その時期に認めています」

「犯罪事実については、どうでした？」

「それも、勾留四日目あたりから、少しずつ事実を認めるような態度をみせはじめました。当初は、自分の住所や氏名さえも明らかにしなかったんですが、日数が経過するにつれて軟化し、ぽつりぽつりと供述をはじめたんです」

「被告人が逮捕された直後に、私選弁護人がつきましたね？」

「はい。事件がマスコミに報道されて間もなく、弁護人の内海哲史さんが城南警察署へ接見にきています。それ以後も足しげく被告人と接見していました。被告人に対して黙秘するように勧めたのは、たぶん内海弁護人だと思うんです」

石橋警部補がそう言ったとたんに、内海弁護人が血相を変えて立ち上がった。

「裁判長。いまの証言は、すこぶる不適当です。証言調書から削除するように命じていただきたい」

すかさず、風巻やよいは反論した。

「裁判長。証人が、どういう証言をするか、それはまったく証人自身の判断によるものです。その証言が弁護人の気に入らないからといって、証言調書から削除しろなどと要求するのは非常識というものです。私の質問に問題があるというのなら、わからないではないんですが、証人の証言内容にまで異議をつけるのは許されません。弁護人の異議申し立ては、真実を明らかにしようと努めている証人に対し、不当な圧力を加えるものであり、ただちに却下していただきたい」

これも正論であった。

それくらいのことは、法律家なら誰でも知っていることだ。

内海弁護人にしてみても、知らないわけではない。

何よりも、いまの自分の異議申し立てが筋の通らないものであることくらい百も承知のうえなのだ。

にもかかわらず、あえて異議を申し立てたのは、言うまでもなく、熱心に弁護しているという態度を依頼人に見せておこうというのだろう。言うなれば、弁護人のスタンドプレイにすぎない。

それにしても、弁護人の勝手なスタンドプレイのために審理が中断されるというのも承服できなかった。

公判がやたらと長びくことがあるのは、こうした弁護人の「営業政策」の積み重ねによることが少なくない。

西沢裁判長は言った。

「ただいまの弁護人の異議は却下します。検察官は、質問をつづけてください」

「わかりました」

と彼女は、証人席の石橋警部補に向き直ると、

「ところで、本件のポイントとも言える死因についてですが、司法解剖の結果、どういう事実が判明しましたか?」

「おっしゃるとおり、本件では被害者の死因が極めて重要な意味をもちます。要するに被告人が出刃包丁で被害者の首を切断したさい、被害者は生きていたのかどうか。ここが極めて微妙なところで、執刀医としても、なかなか結論が出せず、熟慮を重ねておられました」

「わかりやすく言うと、どういうことなんですか?」

「被害者自身が現場で足を滑らせて転倒し、角の尖《とが》った川原の石で頭を強打したために、頭蓋骨《ずがいこつ》に重大な損傷が生じ、出血して死亡した。これが死因であったなら、被害者の首を出刃包丁で切断したのは死後のことであり、被告人の罪は、単なる死体損壊罪にすぎない。こういうことになるわけですが、そうとばかりは一概に断定できず、首を切断されたために出血多量で死亡したと判断することも可能だと……執刀医は、そういう意見でした。実際、この見解は被告人の供述とも符合しています。つまり、被告人の供述によれば、首を切断したのは死後ではなく、生活反応のある間だったことがわかるからです。こうなると明らかに殺人罪が成立します」

「では、被告人がどのように供述したのか、そのことを証言していただかなければなりませんが、その前に、被害者が誰であったのか、まず、そのことから話してください」

「被害者は、奥村卓夫三十四歳。『奥村モーターズ』の常務取締役で、高級外車のセールスを担当する同社の販売第二部長を兼務していたビジネスマンです」

「身元はすぐに判明しましたか？」

「はい。スーツのポケットに名刺入れやキャッシュカード、クレジットカードなんかが入っていましたので、身元がすぐにわれました。そのほか、現場近くにベンツのハードトップが止めてあり、プレートナンバーなどから調べたところ、本人のマイカーだと判明しました」

「そのベンツを被害者が運転し、被告人の松浦真由美を同乗させて現場へやってきたんでしょうか？」

「そうです。被告人も、そのように供述しています」

「『奥村モーターズ』というのは株式会社組織ですか？」

「そうです。いわゆる同族会社でして、被害者の父親が会長で長兄が社長です。関西方面では、中堅どころのディーラーです」

「ところで、被告人の松浦真由美と被害者の奥村卓夫とは、どういう関係だったんですか？　例えば愛人関係とか？」

「いいえ。そういう間柄ではありません」

「つまり、特別に親しい関係ではなかったんですね？」

「そうです。だから、なおのこと今回の事件の背景がミステリアスにみえてくるんです」

「では、そこらあたりの事情について、捜査の結果を証言してください」

「はい。実のところ、この問題には被告人松浦真由美の実姉にあたる小嶋千香子《こじまちかこ》がかかわっています。まず、このことを知っておかないと、事情がわかりにくくなりますので……」

「小嶋千香子と言えば、若手のジャズシンガーじゃありませんか？」

「おっしゃるとおりです。まだ二十八歳ですから、将来、有望なジャズシンガーです。ジャズの分野では、歌謡曲の歌手のように線香花火で終わるなんてことはなく、寿命が長いと聞いています。ですから二十八歳なら、まだまだ先があるってことです」

「それで？」

「その小嶋千香子に外車を何台か売りこんだのが、本件被害者の奥村卓夫でした」

「ちょっと待ってくださいよ。小嶋千香子は、外車を何台か買えるほどの高収入なんですか？」

「そうじゃありません。彼女の夫の小嶋乙彦《おとひこ》三十五歳が資産家の息子でして、やはり彼もジャズピアニストとして活躍しています。つまり夫婦そろってジャズ界で活躍してるってことになるんです」

「それじゃ、本件被害者の奥村卓夫から外車を買っていたのは夫の小嶋乙彦であり、妻の千香子ではない？」

「それは言えるでしょう。金を出したのは夫の小嶋乙彦で、登録も夫名義です。しかし、車好きなのは妻の千香子であり、実際にベンツやポルシェを乗りまわしていたのも彼女でした。夫の小嶋乙彦は、車なんかよりも楽器のコレクターとして知られています」

「どういう楽器のコレクターですか？」

「民族楽器です。中南米のインディオやアフリカ原住民なんかが昔から愛用している管楽器や弦楽器を、金に糸目をつけずに集めています。そのコレクションは、軽井沢にある小嶋家の別荘に保管され、公開もされているそうです。言うなれば、私設の民族楽器博物館といったところです」

「それでは、話の筋をもとへ戻しましょう。妻の小嶋千香子が本件被害者の奥村卓夫から高級外車を買っていたことはわかりますが、そのことが、どのように本件と関係してくるんですか？」

「結論から先に申しますと、外車を売りこみに行ったはずの奥村卓夫が小嶋千香子と深い仲に陥り、やがて夫の小嶋乙彦の知るところとなり、いわゆる三角関係の深みにはまってしまったわけです」

「その三角関係のトラブルに小嶋千香子の妹である被告人の松浦真由美が巻きこまれた？　こういうことですか？」

「そのとおりです。本件被害者である奥村卓夫は、なかなかの艶福家《えんぷくか》でして、いつもどこかの女性と恋をしていないと生きる望みを失う。そういう厄介《やっかい》な男性だったんです。もっとも本人にとっては厄介なんてものではなく、まさにそこに人生の価値を見出したわけですから、他人がとやかく言うこともないわけですけど……」

と言って、石橋警部補は笑みを浮かべた。

壇上の三人の裁判官は、ポーカーフェイスを決めこみ、能面のように眉《まゆ》ひとつ動かさない。

弁護人席の内海哲史は反対尋問にそなえ、熱心にメモをとっていた。

一方、被告人の松浦真由美は、天井を見上げたり、膝《ひざ》の上に置いた自分の手をじっと見つめたりして、物思いに耽《ふけ》っている様子だ。

風巻やよいは言った。

「要するに、こういう人間関係になるんですね？　たまたま奥村卓夫がジャズシンガーの小嶋千香子をたずね、外車の売りこみをはじめたのがきっかけになり、やがて二人は恋に落ちたと……」

「そうです。小嶋夫妻は、仕事柄、日常生活上のすれ違いが多く、ともすれば夫婦生活が乱れがちで、ふとしたきっかけで夫や妻以外の異性と不倫関係に陥る危険性が常につきまとっていたと言ってよろしいでしょう。それくらいのことは互いに理解し合わないと夫婦として仲よくやっていけないわけです。夫の小嶋乙彦にしてみても、当初のうちは、妻の千香子が奥村卓夫と不倫しているのをうすうす勘づいていながら、黙認していた様子です。それというのは、小嶋乙彦自身が妻の千香子を心から愛しており、奥村卓夫との関係もいずれは清算してくれるだろうと期待していたからです。しかし、そういう危険な三角関係が、いつまでもつづくものではありません。いずれは破綻がくるんです。一方、妻の千香子自身としては、奥村卓夫との関係は火遊びのつもりだったわけで、彼女自身、夫と別れる気持ちは毛頭なく、その意味では夫を深く愛していたと言えるでしょう」

「ちょっと待ってくださいね。そういう情報は、どのようにして収集したんですか？　小嶋夫妻の微妙な心理状態にまで踏みこんだ情報を……」

「情報源は、千香子の妹である被告人の松浦真由美の供述のほかに、小嶋夫妻の仕事上の交遊関係などから丹念に情報を収集した結果、そういうことがわかってきたんです」

「なるほど。それで結局のところ、その危険な三角関係は解消されたんですか？」

「いや。解消されたと言えるのかどうか、むずかしいところです」

「すると、きれいさっぱり解消されたわけではないんですね？」

「というよりも、小嶋夫妻の選んだ解決方法が、あまりにも劇的なものだったので、致命的ともいえるショックを奥村卓夫に与えたもののようです」

「致命的なショックとは？」

「小嶋夫妻が突然、行くえをくらましたんです。奥村卓夫には何の連絡もしないで……奥村卓夫から買った二台の高級外車も転売されていました」

「いつごろですか？　行くえ不明になったのは……」

「行くえが知れなくなって、もう半年になります。京都の北山《きたやま》にある小嶋夫妻の邸宅は、いまでは空家になっています。目下、夫の実家が管理していますが……」

「要するに小嶋夫妻の失踪《しっそう》が奥村卓夫に致命的なショックを与えたわけですね？」

「そのとおりです。奥村卓夫は茫然自失のありさまで、会社の仕事なんかそっちのけにして関係者の間を駆けずりまわり、必死になって小嶋千香子の行くえを追い求めていたそうです。たぶん渡米したんだろうと言う人もいます。実際、アメリカ各地を演奏旅行にまわっているらしいという聞きこみもあるんです」

「要するに、小嶋千香子としては、このさい奥村卓夫との関係をきれいに清算し、夫の小嶋乙彦と手に手をとって渡米し、新しく出直そうとしたんでしょうか？　仕事の面でも、生活の面でも」

「そうだと思います」

「ところが、捨てられた奥村卓夫は、血眼《ちまなこ》になって小嶋千香子の行くえを追った。たぶん彼としても、心底から小嶋千香子を愛していたんでしょうね？」

「それは言えるでしょう。とはいっても、相手は人妻ですから、これはたいへんです。仮に小嶋千香子の居所がわかったとしても、不倫関係が復活して、二人が元の鞘《さや》におさまるはずはありません。元の鞘におさまったのは小嶋夫妻なんですから……」

「しかし、奥村卓夫のほうは、あきらめきれなかった？」

「そうです。もし奥村卓夫に妻子があれば、この段階で心底から反省し、小嶋千香子のことをあきらめたんでしょうけど、何しろ独身ですから……彼は、当年三十四歳ですが、一度も結婚したことがないんです。彼の場合、結婚できないなんてことはないはずです。高額所得者だし、ルックスもいいんですから……もっとも、彼のようにいつも恋をしていなければ満足できない男であってみれば、妻子がいようがいまいが関係ないのかもしれませんがね」

「危険な三角関係の実態は、よくわかりましたが、それが本件の背景になっているわけですか？」

「おっしゃるとおりです。奥村卓夫は、小嶋千香子の妹である被告人松浦真由美が、きっと姉の居所を知っているのに違いないと見込みをつけ、しばしば彼女をたずね、執拗に情報の提供を求めています。そのやり方が、だんだんエスカレートして、脅迫的な態度に変わっているんです。当初は買収しようとしたり、割りのいい仕事先を世話してやるとか言って懐柔を試みたらしいですが、それでも埒《らち》が明かないと知ると、だんだん脅迫的になり、遂に刃物をふるったりして収拾がつかなくなったんです。被告人松浦真由美の供述によれば、仕事先にも、しばしばあらわれ、人目のつかないところへ引っ張りこみ、喉元《のどもと》にナイフを突きつけるとか、『ハイツむらやま』へ深夜にあらわれては、殺してやるとか言って彼女の首を絞めようとしたり、……そんなわけで、彼女は戦々恐々《せんせんきょうきょう》としていたそうです」

「それだったら、なぜ警察へ通報し、援助を求めなかったんでしょうか？」

「一度は一一〇番に電話を入れ、パトカーが駆けつけたそうですが、そこは口のうまい奥村卓夫のことですから、パトカーの警官をまんまと言いくるめてしまったんです」

「言いくるめるというと？」

「これはプライベートなトラブルで、警察が関与することじゃないと警官たちに思いこませたんです」

「パトカーの警官たちは、上司に報告したんでしょうか？」

「報告はしていますが、報告をうけた上司も、立件しようとしなかったことが記録上、明らかになっています」

「それこそ警察の怠慢じゃありませんか？」

「まったく、弁解の余地はありません。そのときに適切な手を打っておけば、こういう悲惨な結果にはならなかったのかもしれないと思うと、残念でなりません」

石橋警部補は、悔しげに唇を噛んだ。

とは言っても、彼の責任ではなく、パトカーの警官から報告をうけていながら、それを無視し、刑事課へ連絡もしなかった地域課管理職の責任である。

風巻やよいは、質問を続行した。

「石橋さん。それでは、九月十二日早朝、宇治橋西詰において発生した本件殺人事件について、そこに至るまでの関係者の行動について証言してください」

「はい。逮捕勾留中に、被告人松浦真由美を取り調べ、関係方面に聞き込みを行ったり、裏づけ捜査をした結果、次のような事実が判明しました」

「ちょっと待ってください。その前に、被害者の奥村卓夫が殺害されたのは、当日の午前六時ごろだというのが公式見解になっていますが、司法解剖の結果、死亡推定時刻は、午前五時四十五分ごろから午前六時ごろまでの間となっています。この関係の食い違いについて、ひとこと説明しておいてください」

「わかりました。第一発見者の宮垣正二郎の証言と照らし合わせて考えてみると、犯行がおこなわれたのは、当日の午前六時前後とみて間違いないわけです。実際、われわれ捜査関係者の間では、午前六時ごろに事件が発生したという前提で捜査を進めてきたわけです」

「なるほど。それでは、当日午前六時ごろに犯行がおこなわれたという前提で、そこに至るまでの事情を話してください」

「はい。事件が起こる三時間前、つまり九月十二日午前三時ごろのことですが、被告人の松浦真由美は、突如として、奥村卓夫からかかってきた電話で寝入りばなをたたき起こされたんです」

「そんな時刻に二十二歳の独身女性のマンションへ電話をしてくるとは、非常識ですね。よっぽど差し迫った事情があったのなら別として……」

「いや、奥村卓夫にとっては差し迫った必要があったんでしょう。とにかく被告人の松浦真由美が、訝《いぶか》りながら受話器をあげると、奥村卓夫でした。『すぐ近くまできているんだ。すまないが、いまから、そちらへ行くからドアを開けてくれ。

もし、部屋へ入れてくれないのなら、大声でわめいてやるから、そう思え』なんて、そりゃもう、すごい剣幕だったそうです」

「すごい剣幕に恐れをなし、ドアを開けてやったんですね？」

「仕方なかったと被告人の松浦真由美は言っています。『これを最後に、以後、二度と迷惑はかけないから……』という奥村卓夫の殺し文句に彼女が騙《だま》されたというのが実情のようです」

「それで、どうなったんですか？」

「はじめのうちは、穏やかな態度で姉の小嶋千香子の居所を教えてくれと懇願していたそうですが、しまいには、子供みたいにめそめそ泣き出したりして、途方にくれたと彼女は言っています。彼女自身、ほんとに姉夫婦の居所を知らなかったんですから、涙を流して哀願されても答えようがなかったんです。知らないものは知らないんだからと、彼女が何度も言ってるのに奥村卓夫は信用せず、そのうちに怒り出したりして、始末におえなくなったそうです」

「要するに、泣いたり怒ったりで、被告人の松浦真由美を困らせた。こういうことですか？」

「そうです。彼女は、奥村卓夫という男が空恐ろしくなってきたと言っています」

「空恐ろしいとは？」

「間違いなく病人だと思ったからです。何をされるかわからないと怖気《おぞけ》をふるい、『帰ってちょうだい！　警察を呼ぶわよ！』と叫びながら、電話機のそばへ駆け寄ろうとすると、いきなり腕をねじ上げられ、『殺すぞ！』と脅されたんです。いつの間に隠し持っていたのか、奥村卓夫は出刃包丁を彼女の喉元に突きつけながら、殺すぞ！　と脅しあげているんです」

「その出刃包丁は、被告人の松浦真由美の部屋にあったものですね？」

「そうです。いつの間に出刃包丁を手に入れたのか、たぶん、喉が渇いたと言ってキッチンへ立ち、コップに水を入れて飲んでいたときに、ふとした思いつきで持ち出したんだろうって……」

「なるほど。それで、どういうことに？」

「それから間もなく、『ハイツむらやま』三〇一号室の部屋から連れ出され、奥村卓夫のマイカーに乗せられたんです。出刃包丁で脅されながら……警察へ連絡する暇もなかったと彼女は言っています」

「時刻は？」

「午前五時ごろだったろうと彼女は言っていますが、時計を見たわけではないし、それどころじゃなかったって……」

「奥村卓夫のマイカーに乗せられ、それから、どうしたんですか？」

「車に乗せられ、出刃包丁で脅されながら手足をビニールロープで縛られ、猿《さる》轡《ぐつわ》を嚙まされて後部座席に転がされていたって言うんです。目隠しまでされていたので、車がどこを走っていたのかもわからなかったと……とにかく、猛スピードで突っ走っていたのは、彼女も体で感じていたようですが……」

「すると、どこをどのように走っていたかは、彼女にはわからなかった？」

「そのとおりですが、カーブの少ない舗装道路のようだったと彼女が言っていますので、おそらく奈良方面へ通じる国道二十四号線じゃなかったかと思うんです」

「それじゃ、宇治橋へ向かったわけではないんですね？」

「宇治橋で降ろされたのは、ずっとあとのことで、いったん奈良方面へ向かって突っ走り、途中から引き返して宇治へ戻ったもののようです。おそらく、運転していた奥村卓夫にしてみても、目的地がはっきりしていたわけじゃないんでしょう。ただ、興奮しながらマイカーをふっ飛ばしていたというだけで……そうこうするうちに車が止まり、ロープを解かれ、目隠しをはずされて車から降ろされたんです」

「そして、宇治橋西詰の橋の下へ連れこまれたんですか？」

「出刃包丁で脅されながらね。そのときは、まだ夜が明けておらず、あたりは暗かったそうです」

「なぜ、急に車から降ろされたのか、被告人の松浦真由美にはわかっていたんですか？」

「いいえ。ただ脅されるままに車から降りただけです」

「それにしても、奥村卓夫のしたことは、実に奇妙ですね？」

「彼女も、そう言っています。何を考えているのか、さっぱりわからなかったと……だから、なおのこと空恐ろしくなってきたとも彼女は言うんです」

「なぜ、橋の下へ連れこまれたのか、その点は？」

「橋の下へ連れこまれ、そこで殺されるんじゃないかと、彼女は恐怖に怯《おび》えていたそうです。彼女がそう言うからには、そのような雰囲気が奥村卓夫にあったからでしょう」

「それにしても、なぜ、橋の下で殺そうとするのか、それを考えてみたんでしょうか？　被告人は……」

「彼女が言うには、車のなかだったら血痕《けっこん》が残ったりして犯行がばれるので、橋の下へ連れこもうとしたんじゃないかって……奥村卓夫は愛車のベンツが汚れるのをひどく嫌っていたという聞きこみもありましてね。それから、橋の下だと人目につかず安心できるなんて奥村卓夫がつぶやくのを彼女は耳にしています。実際、ぐずぐずしていると夜が明けてくるでしょうから、そのことも奥村卓夫は考慮に入れていたはずです」

5

風巻やよいは、石橋警部補に対する証人尋問を続行した。

「そのあと、何が起こったんですか？」

「橋の下の現場で、またもや奥村卓夫は、『姉の小嶋千香子の居所を言わなければ殺すぞ！』と狂おしげに叫び、出刃包丁を彼女の喉仏のあたりに突きつけながら、『ここなら誰にも見られずに殺せる。本気だぜ』なんて……彼女は恐ろしくて声も出なかったそうです。そのうえ逞しい腕でがっちり腰を抱えこまれ、身動きもできなかったと彼女は言うんです。そして片方の手で奥村卓夫は出刃包丁を握り、いまにも彼女の喉に突き立てようとしていたって……そのときの奥村卓夫の顔と言ったら、そりゃもう何と言えばいいのか、ギラギラ脂ぎって鬼のように恐ろしく、とうてい人間の顔とは思えなかったと……ぜいぜいと喘《あえ》ぐような息づかいが、いまでも耳の底に残っているみたいだと、恐怖に怯えながら彼女は供述しました」

「確認しておきますが、被告人の松浦真由美は、ほんとに姉の居所を知らなかったんでしょうか？」

「姉をかばって嘘をついていると奥村卓夫はてっきり思いこんでいたらしく、『知らないったら、ほんとに知らないんだから……』と何度言っても聞いてくれず、『嘘だ！』なんて叫びながら、ますます熱《いき》りたったと……しかし、このとき、思いがけないことが起こったんです」

「そのことを証言してください」

「何かのはずみで、奥村卓夫が川原の濡《ぬ》れた石に躓《つまず》いて足を滑らせ、よろよろっとよろけたかと思うと、仰向けに転倒したんです。あまりにも突然のことだったので、彼女自身、信じられなかったと言っています」

「橋の下の川原ですが、水際までどれくらいの幅があるんですか？」

「橋の真下だと、二メートルくらいしかないんです。それに大きな石がごろごろして……しかし道路から石段をおりたすぐのところの川原だったら三メートルから四メートルくらいあります。ただし、この数字は、事件当時のもので、上流にあるダムの放水量いかんによって、かなり違ってきます」

「被告人の松浦真由美が、奥村卓夫に出刃包丁を突きつけられ、追い詰められた場所は、川原の幅が二メートルくらいしかないところだったんですか？」

「そうです。おそらく奥村卓夫としては、犯行の模様を人に見られないために彼女を橋の真下のあたりへ追い詰めていくうちに、誤って川原の濡れた石に躓き足を滑らせて転倒したんでしょう。そのさい、奥村卓夫は後頭部を角の尖った石に打ちつけ気を失ったんです。われわれが現場へ臨んで見分したところ、奥村卓夫の血痕《けっこん》が付着している尖った石を発見しました。その石を持ち帰り、分析したところ、奥村卓夫のB型の血液が検出されました。血液型の分析結果や尖った石の写真、石のサイズなどは実況見分調書を参照していただきたいんです」

「ええ。写真を見れば、かなり大きな石だってことがわかりますわ」

と風巻やよいは、すでに裁判所へ提出ずみの実況見分調書のページを繰り、該当の箇所に視線を落とした。

この実況見分調書の複本《コピー》は、内海弁護人にも交付されていた。いま、彼は訴訟記録のなかから、その実況見分調書を選び出し、気むずかしげな顔をしてチェックしている。

風巻やよいは、証人席の石橋警部補に言った。

「ところで奥村卓夫の血液型はB型ですが、被告人松浦真由美の血液型は？」

「彼女の血液型はA型です。だから奥村卓夫の血液型と混同することはないわけです」

「さて、本件の核心部分について質問します。奥村卓夫が川原で転倒するのを見て、被告人の松浦真由美は、てっきり彼が失神したものと思いこんだわけですね？」

「そうです。まさか死んでいるとは思わなかったというんです。しかし確かめたわけじゃないので、何とも言えないとも彼女は供述しました」

「すると、被告人の松浦真由美にしてみれば、奥村卓夫が生きているか死んでいるか、よくわからなかった。そういうんですね？」

「おっしゃるとおりです。彼女は仰向けに倒れている奥村卓夫を見下ろしながら、気抜けしたように茫然と立っていたんです」

「ところが、そのうち奥村卓夫が頭と腕を動かし、起き上がろうとした？……」

ふとしたはずみで、風巻やよいが、この質問を口にしたとたんに、内海弁護人が猛然と異議を申し立てた。

「裁判長。いまの質問は明らかに誘導です。これは主尋問ですから、誘導は許されません」

西沢裁判長は、うなずき返しながら、風巻やよいに向かって、

「弁護人の言うとおり、誘導の疑いが濃厚です。しかるべき措置を講じてください」

そう言われて、風巻やよいも、みずからの非を悟った。

「申しわけありません。いまの質問は撤回します」

風巻やよいは、そう言っておいて、証人席の石橋警部補に向き直り、

「あらためて質問します。奥村卓夫が仰向けに転倒した直後に、何がありましたか？」

これなら誘導尋問にはならないはずだ。

誘導尋問というのは、証人が安易に「そうです」と肯定的に答えてしまいそう

な質問形式のことをいう。

とりわけ、主尋問では、誘導尋問は原則的に許されない。

その反面、弁護人の反対尋問では、ある程度の誘導は許されることになっている。

石橋警部補は、こう答えた。

「被告人の松浦真由美が言うには、ふと気がつくと、仰向けに倒れていた奥村卓夫がちょっと頭と腕を動かし、起き上がろうとしたと……それを見て、彼女は、とっさに川原に落ちていた出刃包丁を拾いあげ、前後の見さかいもなく奥村卓夫の喉に突き立てたと言うんです」

「逃げ出せばよかったんじゃありませんか？　橋の上へ出れば交番もあることだし……もう、その時刻だと、車が通りかかることもあるでしょうから、助けを求めることもできたはずです」

「しかし、被告人の松浦真由美は、無我夢中で何回も出刃包丁をふり下ろし、めったやたらと奥村卓夫の喉に突き立てていたと……どこをどのように突いたのか、自分でもわからなくなり、気がつくと、首が胴体から切り離されていたって言うんです」

「だとすると、被告人の松浦真由美としては、奥村卓夫の首を切り落とすなどという気持ちは毛頭なく、結果的に、そうなってしまったというんですか？」

「はい。松浦真由美は、そのように供述しました。首を切り落とすなんて、そんな恐ろしいことになるとは思ってもみなかったと……」

「彼女が犯行を終えた時刻ですが、その点は？」

「あたりが明るくなり、橋の下にも朝日が差しこんでいたと言っています。ですから午前六時ごろではなかったでしょうか」

「それじゃ、出刃包丁を手にして茫然と立っている彼女を第一発見者の宮垣正二郎が目撃したのは、犯行直後のことだったと考えて、ほぼ間違いありませんね？」

「それは言えます。その時刻だとすると、司法解剖の結果とも、ほぼ符合していますす。もっとも司法解剖では、十五分程度の時間幅を考慮してはいますけど……」

石橋警部補は、落ち着きはらった態度で証言していた。

西沢裁判長をはじめとする三人の裁判官たちは、熱心な態度で石橋警部補の証言に耳を傾けている。

ところで、報道関係者は別として、裁判のルールについて、ほとんど知らない傍聴人の視点からみると、被告人の松浦真由美が警察で取り調べをうけたときの供述内容を、なぜ、いま、ここで石橋警部補がくどくど証言しているのか、よくわかっていないのではないかと風巻やよいは思う。

実際のところ、傍聴人席を見渡すと、退屈そうに欠伸《あくび》を噛み殺したり、体をもぞもぞ動かしている傍聴人が何人か見受けられる。

無理もないとは思うが、絵解きをすれば簡単なことである。

被告人の松浦真由美は、警察で取り調べをうけたさいには、犯罪事実を認める供述をしていたのである。

その供述が調書に記載され、彼女の有罪を立証する有力な証拠として検察側が法廷へ提出する予定だったのである。

これが、いわゆる「自白調書」と称するものだが、その自白調書は、あらかじめ弁護人に閲覧させなければならない。その場合、弁護人はその自白調書をコピーすることもできる。

実際、本件でも、内海弁護人は自白調書のコピーをとり、第一回公判がはじまる直前に、勾留中の被告人松浦真由美に面会して、自白調書の内容について詳細に質問し、弁護方針を立てたのである。

その結果、第一回公判において、被告人の松浦真由美は、起訴事実を全面的に否認し、「私は奥村卓夫さんを殺してはいません」という意味のことを述べたのだ。

次いで内海弁護人は、被告人の無罪を主張した。

こういう否認事件では、弁護人は警察が作成した被告人の自白調書を法廷へ提出するのを拒否するのが普通である。

実際、内海弁護人は検察官側が自白調書を法廷へ提出するのは「不同意」だと回答した。

そうなると、検察側としては、彼女の自白調書を裁判所へ提出するわけにはいかなくなり、裁判官たちも、その自白調書を読むことができない。

となれば、検察側としては、被告人松浦真由美の取り調べを担当した石橋警部補を証人として法廷へ召喚し、捜査中における被告人松浦真由美の自白内容を証言させ、同時に取り調べが公正に行われたことについても石橋警部補から証言を求めなければならないわけだ。

先程から風巻やよいが石橋警部補を尋問し、その証言を求めているのも、そのためである。

これを「主尋問」と法廷実務では呼んでいる。

これに対し、内海弁護人は、これまでの石橋警部補の証言内容を突き崩さなくてはならない。

そうでなくては被告人の松浦真由美が無罪であることを明らかにすることができないからだ。

そのために弁護人に認められている権利が「反対尋問」である。

「弁護人。反対尋問をどうぞ」

西沢裁判長は、風巻やよいの主尋問が終わると、弁護人席を見やって、そう言った。

「それでは……」

と内海弁護人は、待っていましたとばかりに勢いこんで立ち上がった。

しばらくの間、内海弁護人は、反対尋問の要点をメモしているらしいノートに視線を泳がせていたが、やがて顔をあげると、

「石橋さん。今度は、私からおたずねします」

と言って、内海弁護人は、じろりと敵意のこもった眼差しを証人席の石橋警部補に注ぐ。

こういう芝居がかったジェスチャーも、内海弁護人の営業方針の一つなのだろ

う。

いかにも自分が被告人松浦真由美の味方であり、彼女にかわって、憎き取調官に正義の鉄槌《てっつい》を下そうとしているかのような居丈高《いたけだか》な姿勢を示そうとしているのだ。

実際、被告人の松浦真由美が、反対尋問の段階になると、これまでと違って、内海弁護人の一挙手一投足《いっきょしゅいっとうそく》に期待をこめた眼差しをなげかけていた。

傍聴人のなかにも、かっこよく振る舞っている内海弁護人を憧《あこが》れの目で見つめる顔がいくつかあった。

内海弁護人は言った。

「石橋さん。実を言うと、私は勾留中の被告人に面会し、いろいろ聞いてみたんですよ。今回の事件についてね。そのさいの彼女の話によると、橋の下で奥村卓夫が濡れた石に足を滑らせ転倒したさい、尖った大きな石で頭を打った。そのとき、ゴツンと鈍い音がして、そのままぐったりとなり、死んだように動かなくなったと言うんです。彼女が奥村卓夫の様子をじっと見守っていたところ、一向に起きあがる気配はなく、なかば目を閉じたまま、いつまでたっても身動きひとつしない。その間、三分くらいじゃなかったかというんですが、とにかく奥村卓夫が死んだとわかり、彼女は怖くなってきたそうです。何だか、自分に責任があるような気がして……その一方で、もし奥村卓夫が息を吹き返したなら、何をされるかわからない。そう思うと、いよいよ恐怖感がつのり、たまたま川原に落ちていた出刃包丁を拾いあげ、しゃにむに被害者の首に突きたてたんです。結果的には、被害者の首を切断したことになるんですが、実のところ、その前に被害者は死体になっていたわけです。要するに、被告人松浦真由美の行為は、死体の首を切断しただけであり、死体損壊にすぎないのであって、殺人ではない。実際、司法解剖の結果から考えても、首を切断したのは、生存中のことなのか、それとも死後のことなのか、執刀医は判断に迷ったというではありませんか。ところが、あなたは無理やり被告人の松浦真由美に自白を強要し、あたかも被害者の生存中に首を切断したかのような自白調書をつくり検察庁へ送った。担当の検事は、その自白調書を鵜《う》呑《の》みにして、彼女を殺人罪で起訴したんです。そのために、彼女は不当にも殺人犯にされようとしているんですよ。いいですか？　本来なら、単なる死体損壊罪として処理されるべき事件だったんです。わかりますか？　わたしの言っていることが……」

「もちろん、弁護人の言っておられることは、それなりに理解はできます。しかし、われわれの見解は、そうじゃないんです。よろしいですか？　仮に弁護人のおっしゃるとおりだったとしましょう。つまり被害者の奥村卓夫が濡れた石に足を滑らせ、尖った大きな石で頭を打ち、そのままぐったりとなった。それを見て、被害者は死んだものと彼女は思いはしたが、万一にも息を吹き返したら、何をされるかわからない。そこで、たまたま被害者が取り落とした出刃包丁を拾って、首を切断したとおっしゃるんでしょう。しかし、仮に一歩譲ってそのとおりだったとしても、やはり殺人罪が成立し、死体損壊罪にはならないんです」

「ほう。どうしてですか？」

「被害者が息を吹き返すかもしれないと、被告人の松浦真由美が思ったのなら、被害者が死んだという確信は彼女にはなかったわけです。ほんとに死んだのなら、息を吹き返すはずはないんだから……そうであればですよ、生きているかもしれないという懸念がありながら、あえて彼女は出刃包丁を拾いあげ、奥村卓夫の喉をメッタ突きにした。ふと気がつくと、いつのまにか彼の首が胴体から切り離されていた。こういうことになりますよね。あなたも法律家だからおわかりかと思いますが、そうなるとですよ、被告人の松浦真由美には、『未必《みひつ》の故意《こい》』があったという結論になり、当然に殺人罪が成立します。ご存じですよね？　『未必の故意』というのを……いまの場合で言えば、確実に被害者が生存しているとは思わなかったが、万一、生きているかもしれず、息を吹き返したら大変だというので殺《や》ってしまった。こういうことなら、疑いもなく、『未必の故意』による殺人罪が成立しますよね。違いますか？」

石橋警部補は、理路整然と証言した。

これには、さすがの内海弁護人も面食らったらしく、一瞬、返す言葉を失ったかにみえた。

実際、検察官の風巻やよいも、石橋警部補の明快な指摘に感服させられた。彼を知って、まだ間もない彼女だったが、これだけのことが法廷で証言できる捜査官は希有《けう》であろう。

ほとんどの捜査官は、法廷で弁護人につつかれると、仕掛けられた論理の罠《わな》に簡単にはまりこみ、支離滅裂な証言をしたりする。

それにくらべると、石橋警部補の態度は堂々たるものだ。

エリート組の出身でもないのに、三十二歳で早くも警部補に昇進したというのも、うなずけるというものだ。

もし、アメリカの警察制度のように、年功序列など端から問題にせず、能力次第で昇進できるシステムが日本の警察にもできあがっていたなら、おそらく、いまごろ彼は警察署長など飛びこえて、京都府警本部長にでも抜擢《ばってき》されていたことだろう。

やがて、態勢を立て直した内海弁護人は、果敢に反撃した。

「石橋さん。あなたは詭弁《きべん》を弄《ろう》しているだけだ。いいですか？　あなたは、先程、検察官の主尋問に対して、こう答えていますね。『彼が頭や腕を動かし、起き上がろうとした』なんて……それこそ警察のデッチあげです。そんなふうなことを、彼女はひとことも私に言ってないんだから……ところが、できあがった自白調書には、先程、あなたが検察官の主尋問に答えたように、被害者の奥村卓夫の頭や腕が動いて、起き上がろうとするのを見て、これはたいへんなことになると恐れを抱き、落ちていた出刃包丁を拾って彼の首をメッタ突きにした。その結果、首と胴とが切り離された。自白調書では、そうなっていますが、これこそデッチあげにほかならない。認めたらどうですか？　石橋さん」

「私は事実を証言したまでです。被告人の松浦真由美に自白を強要したのではありません。もし、そうでないとおっしゃるのなら、潔く警察が作成した彼女の自白調書の提出に同意されたらいかがですか？　そうすれば、すべてが明白になります。同意していただけないからこそ、こうやって貴重な時間をつぶし、だらだらと証人尋問が長びいて税金の無駄づかいをしてるんです」

「何を言うんですか。同意できるわけがないでしょう？　自白調書はデッチあげなんだから……被告人の松浦真由美がですよ、公判の冒頭で起訴事実を否認したのは、自白調書がデッチあげであり、彼女は無実であるからこそなんです」

「内海さん。言っておきますがね。彼女が無罪だというのは、あなたの言いぶんであって、裁判所の判断は、まだ下されていないんですよ」

「もちろん、そのとおりです。だからこそ、私は被告人松浦真由美のために、こうして弁護活動をやっているんです」

内海弁護人は、口角泡を飛ばして憤慨している。

そういう熱っぽい態度が、これまた被告人の松浦真由美への心あたたまるサービスにもなるのだろう。

実際のところ、松浦真由美は、うっすらと目に感激の涙さえも浮かべながら頬《ほお》を紅潮させ、内海弁護人を見つめていた。

このとき、立ち上がった風巻やよいは、西沢裁判長にむかって、

「裁判長。先程から聞いていますと、内海弁護人は、石橋証人に反対尋問をして

いるのではなく、議論を吹っかけています。反対尋問というのは、議論をするためのものではありません。質問をするためです。この点、弁護人に厳しく注意していただきたい」

これは正論であった。

西沢裁判長は内海弁護人を眺めやって、

「弁護人。いま検察官から指摘されたように、証人を相手に議論をするのではなく、質問をしなければなりません。それが反対尋問です。これくらいのことは、法律家なら誰でも知っていると思うが……」

内海弁護人も、反省したらしくて、

「裁判長。申しわけありません。被告人松浦真由美が冤罪《えんざい》に陥るのを救いたい一心で、つい興奮してしまって……」

このときも、内海弁護人は、冤罪などという殺し文句を口にして、依頼人である松浦真由美へのサービスを怠《おこた》らない。

実に見あげたものだと風巻やよいは感心した。

とてもじゃないが、自分は弁護士にはなれないと、このときも、あらためて彼女は自覚した。

依頼人から多額の弁護料をふんだくるには、それなりのサービスをしなければならない。そんな商才は、とてもじゃないが、彼女は持ちあわせていなかった。

　内海弁護人は言った。

「石橋さん。それでは、おたずねします。本件の凶器となった出刃包丁ですがね。いわゆる相出刃と称して、いくぶん大ぶりの出刃包丁だそうですが、なぜ、そんな包丁が松浦真由美のマンションにあったのか。二十二歳の若い女性が使う調理用具のようには思えないんですがね。そうは考えませんか？」

「おっしゃるとおり、私も、その点、ちょっと不思議な気がしましたので、被告人の松浦真由美に問いただしたところ、こういう返事でした。三か月ばかり前に、所属しているプロダクションの紹介で、通信販売の会社の宣伝用パンフレットの写真のモデルになったことがあるんだそうです。その会社では、便利な家庭用品ばかりを集めて通信販売しているんですが、撮影が終わったとき、記念にと商品のいくつかをもらって帰ったんです。そのなかに、本件凶器の相出刃があったと聞きました。それで、念のためにと思って、そのプロダクションに問い合わせたところ、間違いないとわかったんです」

「何というプロダクションですか?」

「大阪の『クリエイティブ』というプロダクションです。それから問題の通信販売の会社は、『ダイレクト・セールス』という小さな企業でした。問い合わせたところ、松浦真由美の言うとおりでした」

それにしても、被告人松浦真由美と何回も面会しているはずの内海弁護人が、相出刃の由来を知らないとは、呆《あき》れた話である。

そんなことは石橋警部補に質問しなくても、内海弁護人自身が知っていなければならない。

それとも、知っていながら、あえて捜査の弱点を衝《つ》こうとして質問したのか。

もし、そうであったなら、内海弁護人の当てがはずれたわけだ。

内海弁護人は言った。

「石橋さん。先程の主尋問のさいに、あなたは検察官とこういう意味のやりとりをしていますね。被害者の奥村卓夫を出刃包丁で刺し殺したりせずに逃げることもできたのに……近くには交番もあることだしと……だが、第一発見者の宮垣正二郎の証言によれば、交番には警官がいなかったそうじゃありませんか? それだったら、交番へ駆けこんでも意味がないと思いますが、いかがですか?」

「いいえ、それは違います。交番には警察電話がありますから、受話器をあげれば本署へ通じます。もっとも、第一発見者である宮垣正二郎さんの場合、電話に出た本署の巡査部長から『警察電話を勝手に使うな』などと叱られたと言いますが、それだって、もし松浦真由美が『私、殺されます！』と叫んだなら、その巡査部長にしてみても、これはたいへんだとパトカーを差し向けたでしょう。何よりも、その時刻にはすっかり夜が明けていたんですから、橋を通る車もあり、彼女としては助けを求めることもできたわけです。実際、第一発見者の宮垣正二郎は、通りかかったバイクの男性に協力を求めています。まして松浦真由美は可愛い女の子ですから、通りがかりの車のドライバーの目にとまり、手をふるだけで止まってくれたでしょう」

こうして石橋警部補は、内海弁護人の執拗な反対尋問に堪《た》えぬき、適切な言葉で事実を証言した。

第二章 「浮舟」の行くえ

1

裁判所を立ち去る風巻やよいのあとを追ってきた石橋警部補は、

「検事さん。私の証言、どうでした？　あれでよかったですかね？」

と言って、彼女の顔をのぞきこむ。

「上出来やわ。あれだけのことが法廷で言えるやなんて、ほんまに感心したわ」

風巻やよいは、明るい笑顔を彼に向ける。

もともと、彼女は京都育ちだから、くつろいだ気分になると、つい京都弁が飛び出す。

「いやあ、検事さんにほめられると、何だか面映《おもはゆ》くて……実を言うと、叱られるんじゃないかって心配してたんですよ」

「なんで？」

「なんでって……こともあろうに法廷でですよ、弁護人を相手に議論を吹っかけたり……いくら何でも、行きすぎだってお目玉を食らうんじゃないかって……」

「とんでもない。あれは内海弁護人の質問の仕方が悪いんよ。もちろん、本人にもわかってるはずやわ。あの人の頭のなかは、依頼人の歓心を買うことでいっぱいなんやから困ったもんや」

「ということはですね、依頼人つまり被告人にとって、実りのある弁護をしていないってことにもなるんですか？」

「そのとおりなんやけど、被告人の松浦真由美には、そこまで見ぬけないわね。二十二歳になったばかりの女の子だもん」

「気の毒な話ですね。誰が弁護料を支払ったのか知らないけど……」

「松浦真由美が高額の弁護料を支払えるわけもないのやから、たぶん、彼女の後ろに隠れている誰かやろうね」

「すると、やっぱり失踪中の小嶋夫妻ですね？」

「さあ、どうかな。いずれわかってくると思うけど……そんなことより石橋さん。あなた、ほんまに松浦真由美が被害者の奥村卓夫を殺《や》ったと思う？」

「なんですか？　検事さん。ヤブから棒に……松浦真由美のほかに真犯人がいるとでも？」

石橋警部補は急に立ち止まり、びっくりしたような顔をして風巻やよいを見返した。

「そんな怖い顔をせんといてよ。とりあえず、あそこのベンチに座って話しましょう」

と風巻やよいは、彼を誘って朱塗りの橋を渡った。

その橋は喜撰橋《きせんばし》と呼ばれ、宇治川の川中にある浮島へ通じていた。

浮島は、言うなれば宇治川の中州《なかす》で、上流の塔《とう》の島《しま》と下流の橘島《たちばなじま》からなりたち、やはり、この二つの島も朱塗りの橋でつながっていた。

上流の塔の島には、乱獲の犠牲になった魚たちを供養するための十三重石《じゅうさんじゅうのせき》塔《とう》が建っているところから、塔の島と呼ばれるようになったという。

宇治橋が造築されたのは七世紀に遡《さかのぼ》るが、それ以後、宇治川の氾濫《はんらん》で、しばしば橋が流失した。

流失の原因は、おそらく乱獲された魚の祟《たた》りによるものだろうと考えた鎌倉時代の高僧叡尊《えいそん》が、魚たちの供養にと建立したのが十三重石塔で、その由来が塔の礎石に刻まれている。

何はともあれ、宇治川と魚との因縁は古くからのもので、古来、歌にも詠まれ、源氏物語の宇治十帖にも網代《あじろ》もしくは網代木《あじろぎ》の風物詩として物語のなかに登場する。

風巻やよいと石橋警部補は、その石塔のそばにあるベンチに腰を下ろした。

「石橋さん。私ね、率直なところ、松浦真由美を殺人罪で起訴したのは間違いではなかったかと考えてるんやけど……いいえ。これは検察官としての立場を離れ、一人の法律家としての考えなんよ。そのつもりで聞いてよ」

「ぜひ聞かせてください」

と石橋警部補は、身を乗り出した。

風巻やよいは言った。

「結論から先に言うと、たとえ松浦真由美を起訴するとしても、死体損壊罪の限度にとどめておくべきやったと思うわ。いくら何でも殺人罪は無理なんと違うかな」

「検事さん。それだったら内海弁護人の主張と同じじゃないですか？」

「まあ、聞きなさいよ。カッカせんと……松浦真由美を起訴した内藤検事のことを、とやかく言う気はないけど、どこかで勘違いしたんやないかと思うの。ねえ、石橋さん。事件当時、被害者の奥村卓夫が川原の濡れた石に躓いて転倒し角の尖った石で頭を打った。そのとき松浦真由美は、奥村が生きているか死んでいるか、よくわからなかったんでしょう？」

「というより、まさか死んでいるとは思わなかったが、確かめたわけではないという意味の供述を松浦真由美はしてるんですよ。調書でも、そうなっています。ですから、彼女としては、彼が生きているかもしれないという程度の認識はあったわけです。だから……」

「ちょっと待って……そこのところを客観的に確定する確実な資料がなくてはならないわけやわね。科学的にと言うか……つまり、司法解剖の結果、その点が明らかにされなければならないのに、執刀医の意見によれば、そこらあたりの判断は極めて微妙で、いずれとも断言できないというんやろう？」

「だから困るんですよ」

「いいえ。困ることないと思うの。司法解剖の結果、被害者の奥村卓夫の首が切断された時点で、彼が生きていたか死んでいたか。要するに、その時点で生活反応があったのかどうか、その点が確定できない。こういうことやわね？　それやったら、私たち法律家としては、そういう曖昧《あいまい》な司法解剖の結果を控え目に評価するのが正しい考え方やと私は思うの」

「それ、どういう意味ですか？　控え目に評価するというのは……」

「わかりやすく言うと、内輪《うちわ》に見積もるんよ。つまり被害者の奥村卓夫が角の尖った石に後頭部をぶっつけ、失神したかに見えたが、実のところ、すでに死んでいた。そういう評価をすれば被告人には不利にならない。ここでも『疑わしきは罰せず』という刑事裁判の原則が適用されなければならないというのが私の考えなんやけど……わかるでしょう？」

「いや、ちょっとピンときませんけど……生きているか死んでいるかわからなかったからと言って、すでに死んでいたものと評価するなんて、いくらなんでも無茶ですよ」

「そうやろうか？　生きているか死んでいるかわからないときは、被告人に有利に解釈するのが正しいと私は確信してるの。なぜかというと、私たちとしては、その時点で被害者の奥村卓夫が間違いなく生存していたという証明ができないわけやから、仕方ないのと違う？」

「証明できないから困ってるんですよ、われわれとしては……」

「そやから言ってるのや。証明できないってことは存在しないってことなんよ。刑事裁判ではね」

「それじゃ、仮に検事さんの意見が正しいとするならば、今回の事件は、どういう結論になるんですか？」

「ずばり言って、たとえ松浦真由美を起訴するにしても、死体損壊罪として処罰を求めるべきであり、殺人罪で起訴するのは、およそ無理というもんよ」

「検事さん。無理とおっしゃったのは、違法だという意味ですか？」

「そうやない。違法とは言えんけど、そういう立件の方法は、『疑わしきは被告人の利益に』という刑事裁判の原則にもとるということなんや」

「そんなものですかね」

と石橋警部補は、思案深げに首をかしげていたが、やがて顔をあげると、

「しかし、検事さんのおっしゃることが正論なら、なぜ内海弁護人は、そういう主張をしなかったんでしょうか？　あの人が言ってるのは、私がですよ、松浦真由美の調書をデッチあげたとか、自白を強制したとか、その程度のことなんですよ。なぜでしょうね？」

「そんなことわかってるやないの。刑事裁判で弁護人が主張することと言えば、

たいてい自白を強制したとか、調書をデッチあげたとか……ほかに思いあたるのは、犯行時において、被告人はひどく取り乱しており、心神喪失状態やったなんて、その程度のことなんよ。もちろん、例外もあるけど……」

「よく聞きますよね。そういうのを……われわれとしては、耳にタコができるくらい聞かされてるから、あまり感銘をうけませんがね。たぶん、裁判官も同じじゃないですか？」

「それは知らないけど、いずれにせよ、内海弁護人は、法壇の上の裁判官に顔を向けてはいるけど、実際のところは、裁判官に物を言ってるのではなく、依頼人を意識して、口先だけのサービスをしているんだと思うの」

「リップサービスってわけですか？」

「それぞれ。リップサービスで票を稼ぐのは政治家の常套《じょうとう》手段やけど、弁護人のなかにも、その真似《まね》をする人がいるということなんや」

「そう言われてみれば、確かに……それはそれとして、前任者の内藤検事は、いま、どうしていらっしゃるんですか？　定年退職で郷里へ帰られたとか……」

「郷里の釧路《くしろ》で弁護士をしてると聞いたけど、個人的な付き合いがないから、詳しいことは、私も知らんのよ」

すね」

「なるほど。弁護士をね。それじゃ、いまではまるっきり立場が違うってことで
「たぶん、内藤検事は、松浦真由美の処分について、あれこれ考えてはみたが、なかなか決心がつかなかったんと違うやろうか。そうこうするうちに勾留期限切れになり、タイムリミットが迫ってきたもんやから、『えい、ままよ』とばかりに殺人罪を適用し起訴に踏み切った。どの途《みち》、自分は定年退職するんやから、あとのことは後任の検事にまかせればええやろうと考えたんよ」

「そういうのって、ちょっと無責任じゃないですかね？」

「そう言ってしまえば、身《み》も蓋《ふた》もないけどね。いずれにしても松浦真由美は、すでに殺人罪で起訴されてるんやから、いまさら後任検事の私が、どうにかできるわけがないもんね。このまま公判を維持し、判決を待つよりほかないのんよ」

「辛《つら》いところですね、検事さん。わかりますよ、その気持ち……」

「おたがい仕事なんやから、割り切って、このまま突っ走るよりほかないわね」

と風巻やよいは言いはしたが、胸のなかには、どうにも吹っ切れない違和感が重くのしかかってくるのを拭《ぬぐ》いきれなかった。

浮島は人の姿がまばらだったが、対岸の「あじろぎの道」には、観光客らしい

家族づれが、三々五々、楽しげにはしゃぎながら平等院《びょうどういん》のほうへ歩いて行くのが見える。

川を渡る秋風が真っ青な空の色に染まり、ブルーがかって網膜に映っているような気がしてならない。

2

清冽《せいれつ》な宇治川の流れに沿って「あじろぎの道」を北へ歩くと、宇治橋に行きあたる。

最近、建て替えられたばかりの白木の橋だった。

橋の上は、以前にくらべると歩道が広々として雰囲気も明るく、頻繁に往《い》き交《か》う車の通行にわずらわされずに、のんびりと散策気分を満喫できるのはありがたい。

石橋警部補は、宇治橋西詰までくると、橋の下へ通じる石段を指さして、

「検事さん。事件現場は、この下なんですけど、ごらんになりますか？」

「そうやねえ。公判前に、一応、見分したけど、念のために、もう一度見ておこ

うかな」

と言いながら、彼女は石段をおり、河川敷を歩いて橋の下までやってきた。

急にひんやりとして肌寒いくらいだ。太陽の直射が遮《さえぎ》られるからだろう。

「現場は、このあたりやったと思うけど……」

彼女は、橋の下を三分の一くらい、くぐり抜けたところで立ち止まった。

いまは、もう事件の痕跡《こんせき》はまったく見られない。

河川敷の石畳はコンクリートで固めてあったが、上流から流されてきたのか、大きな石がごろごろ転がっている。

宇治川の流れは激しく、水量が豊富だ。

とりわけ上流にあるダムの貯水池が水門を開き放流すると、川の流量が増し、怒濤《どとう》のような勢いで河川敷の瓦礫《がれき》を呑《の》みこみ、橋の下へ押し流してくる。

被害者の奥村卓夫は、上流から流されてきた石に躓き、転倒したのだが、それがきっかけになり、一命を落とす結果を招いたのである。彼にとって、川原の濡れた石は、まさに「躓きの石」であったわけだ。

「石橋さん。奥村卓夫が躓いた石は、もう見あたらないみたいね。たぶん、下流へ流されたんでしょう」

「そうだと思います。事件直後に写真撮影してありますから、流されても問題なく、その石の存在を立証できるはずです」

「明るさはどうかしら？　事件があったのは夜明け直後だけど、この位置やったら充分に明かりが差しこんでくるし、人の顔が見えたはずやわね」

「そのとおりです。被告人の松浦真由美も、そう言っています。奥村卓夫の顔がよく見えたって……」

「それはそうと、すぐ近くに『夢浮橋』の古蹟があるはずなんやけど、それも念のために見ておきましょうよ」

と言って、彼女は川原の濡れた石に足を滑らせ転倒しないように気を配りながら、橋の下をくぐり抜けた。

石段を上り少し行くと、道路ぞいに交番があった。

第一発見者の宮垣正二郎の証言のなかに登場する交番である。

「石橋さん。この交番、どうなってんの？　いまだって誰もいないやないの」

「きっとパトロールに出ているんでしょう。そのうちに戻ってきますよ」

「今度の事件のときにもパトロール中やったの？」

「いや、あのときは、たまたま出勤途上だったんです」

「事情がどうであれ、いざというときになって、交番が役にたたないようではしょうがないわね」

「すいません」

「あなたが謝ることないわ。府警本部長の責任なんやから……警察に充分な予算をまわさない政治家の責任でもあるし……」

ちょうど、このとき、平等院参道にさしかかった。

参道の入口に、「夢浮橋」の案内板が立っている。

源氏物語宇治十帖の最後をしめくくる「夢浮橋」の巻にちなんだ古蹟だという。

風巻やよいは、案内板を見ながら、

「石橋さん。ここには古蹟とあるけど、源氏物語は、要するにフィクションやわね。それなのに古蹟やなんて、ちょっとおかしいのと違う？」

「そりゃまあね。架空の物語には違いありませんが、宇治十帖の舞台は、ほとんど宇治なんですから……宇治川にしろ、宇治橋にしろ、源氏物語が書かれたころ、すでに存在していたんです。何よりもですよ、平等院にしても、元はと言えば、光源氏のモデルと言われる源融《みなもとのとおる》の別荘だったんですからね。そのころは『宇治別業《べつぎょう》』と呼ばれていましたが、ずっと後にめぐりめぐって藤原道長《みちなが》のものとなり、やがて息子の頼通《よりみち》のころに平等院になったんです」

「なるほど。宇治十帖というのは、文字どおり十巻から成り立っているんやけど、橋にはじまり橋に終わるなんて言われるわね。その橋というのは宇治橋のことかしら？」

「言うまでもなく宇治橋が想定されているんです。物語の構成としては、第四十五帖の『橋姫《はしひめ》』にはじまり、第五十四帖の『夢浮橋』で終わっているわけですが、いまでも宇治橋西詰には、橋姫神社というのが残っていますし、『夢浮橋』だって、たぶん宇治橋を念頭において名付けられたものじゃないですか」

「ずいぶん勉強したんやね」

「ひと通りはね。とにかく宇治市には宇治十帖にまつわる古蹟が、ほかにもたくさんあるんですよ」

「ずっと前から、宇治十帖の古蹟として指定されていたのやろうか？　それとも、最近の観光ブームに便乗して……」

「最近ではありません。江戸時代の国文学者なんかが宇治十帖の物語の筋書きを詳細に研究した結果、『橋姫』の古蹟とか、『夢浮橋』の古蹟とかを割り出したとも言われていますし、その後の研究なんかで補完されたりして……いずれにしても、観光ブームをあてこんだにわか仕立てのものじゃないんです」

「それは知らんかったわ。ここらあたりが『総角《あげまき》』で、こっちが『早蕨《さわらび》』、あっちのほうは『蜻蛉《かげろう》』にしておこうかなんて、適当に案内板や碑《いしぶみ》を建てたんやないかと思ってたんやけど、あなたの講釈を聞いて、認識を新たにしたわ」

「そりゃよかった。ついでに、もうひとつ、聞いてほしいことがあるんですよ」

「何やのん？」

「検事さん。失礼だけど、『夢浮橋』のストーリーをご存じですか？」

「詳しくは知らんのやけど、浮舟という女性をめぐって、二人の男が恋の鞘当《さやあ》てをするお話やないの？」

「そうです。二人の男というのは、光源氏の末子の薫大将《かおるたいしょう》と、源氏の孫にあたる第三皇子匂宮《におうのみや》のことですよね。この二人は、叔父と甥《おい》の関係にあたるわけですが、世代が同じなんですよ。現代のようにうるさい家族制度の束縛もなく、男女の交際は自由奔放で、異父兄弟や異母兄弟なんて珍しくなかった時代であり、まして貴族の間ではなおのことなんです」

「石橋さん。私の記憶では、常に女性に対して情熱的で行動力のある匂宮と、いつも控えめで女性をやさしく包みこむ情愛深い薫との対照が際立っていたように思うけど、違うかしら？」

「おっしゃるとおりです。そのことで、ふと思いついたんですが、今度の事件も、ジャズシンガーの小嶋千香子という美貌《びぼう》の女性をめぐる三角関係のもつれが背景になっているわけですから、何だか筋書きが似ているような気がして……」

「それは言えるかもしれへんわ。小嶋千香子のことで、夫の小嶋乙彦と愛人の奥村卓夫とが三角関係のしがらみにはまりこみ、どうにもこうにもならなくなったんやもんね」

「ところが、奥村卓夫が死んだことによって、三角関係のもつれが解消した。奇《く》しくも、その事件の現場は『夢浮橋』の古蹟のそばだったんですから、これは因縁めいていますよ」

「それにしても、事件現場の凄惨な状況からすると、とてもやないけど、恋の鞘当てなんて生《なま》やさしいもんとは違うわね？」

「しかしですよ、浮舟という女性が恋の苦しみから逃れるために姿を消しますよね。実のところは、宇治川へでも身を投げ、入水自殺を図ろうとしてさまよっていたんですが、そのとき、ある高僧の一行に助けられ、かくまわれます。ところが、やがて、そのことが薫の耳にはいるわけです。薫は使者に恋文を託し、浮舟にデートの申しいれをしますが、果たせません」

「その話やけど、最後はどうなるんやろ？　薫大将は、浮舟に会うことができたのかしらね。できなかったのと違う？」

「結末をはっきりさせないところがミソでしょう。ただ、私がふと思うことは、奥村卓夫を薫大将に見立てたら、何だか筋が通るような気がして……」

「まさか、それはないと思うわ」

と風巻やよいは、軽やかな笑い声をあげながら、

「奥村卓夫は、むしろ情熱的で行動的な性格の匂宮に見立てるほうがふさわしいのと違うやろか？　関係者の供述を総合すると、そんなふうに思えてくるんやけど……」

「そうかもしれませんね。ただ、小嶋千香子の行くえが知れないってことは、浮舟が失踪した筋書きとそっくりじゃないかと思うんですが……」

「そう言われてみれば確かに……」

「何はともあれ、今度の事件は、『夢浮橋』のストーリーと似通ったところがあるし、事件現場にしてみても、『夢浮橋』の古蹟のそばだってことを考え合わせると、すこぶる象徴的なできごとのような気がするんですよ」

「まあ。あなたという人は、なかなかのロマンチストやわね」

と風巻やよいは、石橋大輔を見つめながら温かな笑みを浮かべる。

石橋も健康そうな白い歯並みをのぞかせながら笑っていた。

心なしか、このとき、年下の石橋が彼女にとって急に身近な存在のように感じられ、彼との距離が一歩、縮まったような気がした。

3

宇治橋から平等院へ通じる石だたみの参道には、しっとりと落ち着きのある雰囲気の店が並んでいる。

喫茶店、レストラン、小料理屋、茶舗、みやげ物店など、さまざまだったが、そのなかでも暖簾《のれん》に「阿月《あづき》」と染めぬいた瀟洒《しようしや》な店がまえの甘党専門店を風巻やよいは贔屓《ひいき》にしていた。

「ちょっと石橋さん。付きあってくれへん？」

と彼女は、その店の前で立ちどまり、石橋大輔を見やって微笑む。

「もちろん、喜んで……行き着くところは、たぶん、ここだろうって、はじめか

りで手を拭《ふ》いている。


「まあ、可愛いこと言ってくれるわね」

とつぶやきながら、彼女は暖簾をくぐり、奥のほうの席に腰を下ろした。

あとからついてきた石橋が彼女の前に座り、ウェイトレスが持参したおしぼりで手を拭《ふ》いている。

彼女はメニューを手にとり視線を泳がせながら、

「まだ午後四時やもんね。あと一時間は、ここでゆっくり過ごせるわ」

「おや。今日は、もう仕事をしないんですか?」

と石橋は、彼女を見て笑った。

「そやかて、今日は朝から公判があったし、午後はあなたの証人尋問なんかで、ずいぶん神経を使ったんやもん。働き過ぎは健康に悪いというやないの。長もちさせんとね」

そう言って、彼女はメニューに視線を戻して、

「今日はどれにするかな?」

メニューは豊富で、おしるこ、ぜんざい、みつ豆、あんみつ、抹茶付き羊羹《ようかん》などさまざまだが、それぞれがバラエティーに富み、ひと工夫されていた。

例えば、あんみつを例にとると、白玉あんみつ、小倉あんみつ、バナナあんみつ、キウイ・パパイアあんみつ、チョコあんみつ、抹茶あんみつ、レモン・シャーベットあんみつ……。

どれもこれも、常連客の風巻やよいにとってはおなじみの味で、目うつりがして仕方がない。

本心を吐露すれば全部食べたいが、そうもいかなかった。

彼女はメニューを下におくと、

「やっぱり、いつものにするわ」

と、注文を待っているウェイトレスに笑顔を向ける。

「チョコあんみつのデラックスですね。かしこまりました。そちらさまは？」

とウェイトレスは、石橋警部補にたずねた。

「そうだね。私は豆カンがいいな」

「承知しました」

ウェイトレスは活発な足どりでテーブルを離れた。

観光客らしい五、六人のグループが出ていくと、店内は急に静かになった。

「お待たせしました」

注文の品がテーブルの上に並ぶ。

寒天とエンドウ豆、抹茶アイスクリームにチョコレート、そのうえに白蜜《しろみつ》とあんこがかかり、キウイ・イチゴ・バナナとカラフルにフルーツがあしらわれている。これがチョコあんみつデラックスである。

石橋大輔のほうは、エンドウ豆と寒天に黒蜜をかけたシンプルなもので、あんこは入っていない。

「おやおや、お二人さん。仲のええことやおまへんか」

キンキン響くかん高い声がして、四十がらみの太めの中年女性がテーブルのそばに立った。

石橋警部補の上司にあたる刑事課長の夏川染子《なつかわそめこ》警部だった。

「あ、課長……さ、どうぞ。こちらへ……いやね、つい先程、私の証言が終わったばかりでして……」

石橋警部補は、あたふたしながら、腰を浮かせ、夏川染子に席をすすめる。

夏川警部は、石橋のはす向かいの椅子に腰を下ろして、

「言いわけせんでもよろしいのや、石橋くん。あんたの帰りが遅いもんやから、たぶん、検事さんに誘われて、いつもの店へ連れこまれたんやないかと心配して、

救出にきましたんやがな」

と言って、にやにや笑っている。

「ちょっと夏川さん。救出にきたのやなくて、お相伴《しょうばん》に駆けつけたんでしょう？　さあ、どうぞ。お好きなのを召しあがれ」

と風巻やよいは笑いながら、メニューを夏川警部に渡してやった。

彼女はメニューを手にとっただけで、風巻やよいが食べているチョコあんみつデラックスを物欲しげに眺めながら、

「検事さん。それ、おいしそうやね。私もそれにします」

「大丈夫？　こんなん食べて……ダイエット中やて聞いたけど……」

「今日は特別です。人が食べてるのを見たら辛抱《しんぼう》でけへんたちなんです、私……」

「すると、覚悟を決めたんやね。立派、立派……」

と風巻やよいは冗談口をたたきながら、ウェイトレスを手招きして、チョコあんみつデラックスを注文してやった。

夏川染子は、確か四十二歳のはずで、カメラ店を経営する夫と二人の子供がいる。大学生の長女と、高校二年生の長男の二人である。

それにしても、女性ながら、数十人の猛者《もさ》連を統括する刑事課長であり、警部

というのも珍しい。

彼女の年齢から考えて、いずれは警察署長のポストがまわってくるだろうから、将来を嘱望される女性捜査官の一人と言えるだろう。

その夏川警部がチョコレートのたっぷりかかったアイスクリームをスプーンですくいあげながら、あらたまった顔をして、こう言った。

「検事さん。いま公判中の松浦真由美の事件ですけど、いまごろになって新しい情報が入りましてね。これは、まだ石橋くんにも話してないんやけど……」

やにわに石橋警部補が顔をあげ、物問いたげに夏川警部を見つめる。

夏川警部は言った。

「実のところ、三年前にも、今回の事件のように被害者が刃物で首を切断され、殺害された事件があったんです。犯行現場は、やはり宇治市内で……」

「首を切断されたやて？　それは聞き捨てならんやないの」

「そやけど、被害者は女性やったんです。今回の事件のように男性ではのうて……」

「性別はともかく、被害者が首を切断され殺害されていたという点では共通してるわね」

「しかもですよ、『総角』の古蹟の近くで殺されていたんですよ。何や知らんけど、今回の事件と似ているような気がしましてね」

「夏川さん。それだったら、もっと早く聞かせてほしかったわね。なぜ、いまごろになって……」

「いいえ、検事さん。私も今日聞いたばかりなんです。事件が起こった三年前なら、私、京都北警察署の少年係やったから、その事件の捜査には関与してまへんのや」

そばから石橋警部補が口をはさむ。

「課長。その事件なら、私もおぼえています。新聞やテレビが騒いでいましたから……あのころ、私も京都府警本部の警務部で庶務関係の仕事をしていまして……」

風巻やよいは、夏川警部に言った。

「三年前の事件やというけど、現在、どの程度まで、その事件のことがわかってるのやろう？」

「いま、記録を取り寄せているところですが、私が聞いたところでは、凶器も見つからず、迷宮入りになってるんです」

石橋警部補が割りこんだ。

「課長、それとよく似た事件が、もう一件あったような気がするんですけど、違いますか?」

「そのとおりや。私が聞いたところでは、五年前の事件で、やっぱり女性が刃物で首を切られ、死んでいたんですわ、検事さん。これも迷宮入りになっています。凶器も見つからずに……しかも、事件現場は、『早蕨』の古蹟の近くやったというんですから、なおのこと気になりますわね」

「そうよ。今度の事件と関連性があるのかも……『早蕨』の古蹟と言えば、『総角』の古蹟の近くやないの?」

「そうです。目と鼻の先ですねん」

と夏川警部が言ったとき、観光客のグループが、ガヤガヤ声高にしゃべりながら店へ入ってきた。

それを見ると、夏川警部は急に声を低くして、

「石橋くん、当時の事件記録は、明日、手に入ることになってるさかいに、早速、調べてみてよ」

「わかりました。徹底的に再捜査しましょう」

「頼みまっせ」

と夏川警部は、念を押すように言って風巻やよいに向き直った。

4

週明けに石橋警部補が風巻やよいの執務室へやってきて、例の首切り事件について詳細に報告してくれた。

「検事さん。まず、過去の二件の記録のコピーをお渡ししておきます。こちらが三年前の事件の記録で、もう一冊は五年前のでして……」

そう言いながら、石橋警部補は、部厚い記録を二冊、風巻やよいのデスクの上におく。

「まあ、ずいぶんボリュームがあるんやね。この様子なら、事件当時は、だいぶ捜査に手こずらされたんやないの？」

「そのようです。さんざん苦労して駆けずりまわったかいもなく、何一つ有力な証拠もつかめず、目撃者も見つからないまま、結局、迷宮入りになってしまったんです。当時、捜査に加わった刑事が残念がっていましたよ」

「わかるわ。その気持ち……」

「検事さん。それじゃ第一の事件からお話します。あっ、これは失礼。夏川警部と私とで、三年前の事件のことを第一の事件と呼ぶことにしましたので、あしからず……」

「ええわよ。それで、現場は？『総角』の古蹟の付近やて聞いたけど……」

「そうです。宇治川の右岸に宇治上《うじがみ》神社というのがありましてね。その北側に『総角』の古蹟の石碑が建っているんです」

「なぜ、そこが『総角』の古蹟に指定されたんやろう？　何か理由があるはずやわね」

「それはですね、宇治十帖の登場人物の一人である八《はち》の宮《みや》の山荘が、その付近にあったとされているからです。その八の宮の……」

「ちょっと待ってよ。源氏物語の宇治十帖は、所詮フィクションなんやから、八の宮の山荘なんて実際に存在したわけでもないわね」

「もちろん、架空のものです。しかしですよ、宇治十帖の作者は、そのあたりに八の宮の山荘があるという想定で物語を書いているんですよ。この点は、多くの国文学者が認めています。もっとも、宇治十帖の作者が紫式部だったかどうか、これについては若干の異論があるわけですが……」

「そのことなら私も知ってるわ。宇治十帖は、紫式部ではなく、誰かほかの作者の手によるものではないかなんていうんでしょう。それから紫式部なんて実在の人物なのか、どうか、それもあやしいとか。あるいは、実際の作者は男性で、紫式部というペンネームを用いて源氏物語を書いたんやないかと主張する人もいるくらいやもんね。そこらあたりのことを詮索《せんさく》すれば、きりがないから先へ進みましょうよ」

「それはいいんですが、ここで、ひとまず『総角』の巻の内容について、概略をお話しておこうと思うんです。もちろん、ご存じでしょうけど、念のために……」

「そうやね。私かて高校時代に源氏物語の現代訳や解説書を読んだだけなんやから自信はあらへんのよ」

「いいえ。私もえらそうなことは言えないんです。ところで、先程、言いました八の宮のことですが、桐壺《きりつぼ》帝の第八皇子だったのに政争に敗れて、宇治川右岸の山荘にこもり隠遁《いんとん》生活を送っていたんです。その山荘は、宇治上神社と、そこから程近い宇治神社の中間点あたりにあったという想定で物語が書かれているわけです」

「私の記憶では、八の宮には二人の姫君がいたと思うんやけど……」

「そうです。長女が大君《おおいきみ》、次女が中《なか》の君《きみ》と呼ばれていました。それから『夢浮橋』の巻のヒロインの浮舟も八の宮の娘なんですが、大君や中の君とは母親が違いますので異母姉妹になるわけです」

「思い出したわ。その八の宮が病死するんでしょう?」

「よくご存じじゃないですか。八の宮は親交のあった薫に後事を託して息を引き取ります」

「その薫が長女の大君に恋をして、結婚を申しこむんやけど、大君は拒みつづける。なぜかと言うと、亡父の遺言で、ずっと宇治に埋もれて生きつづける決意を固めていたからやわね」

「そうなんですよ。大君は、自分のかわりに妹の中の君と結婚するよう薫にすすめるんです。しかし、薫のほうは、大君のことが忘れられません。そんなこともあって、プレイボーイの匂宮《におうのみや》が、中の君に心を動かされているらしいと知った薫は、二人が結ばれるように仲をとりもつんです。ところが、匂宮には、ほかにも好きな女がいたために、気の毒にも中の君は悩み、悶々《もんもん》とした日々を送っています。一方、姉の大君は、そのような妹の不幸を目のあたりにして嘆き悲しみ、絶望のうちに薫に看取《みと》られながら病死するんです」

「確か、大君への薫の思いを綿々とつづった歌があったと思うけど……その歌のなかに総角という言葉が出てくるので、『総角』という巻名がついてるんやないの？」

「そうです。その歌というのは、こうなんですよ。『総角に長き契りを結びこめおなじ所によりもあはなん』なんて……」

「よく知ってるわね」

「いいえ。タネ本はこれなんですよ」

と石橋警部補は、照れたような笑いを浮かべながら文庫サイズの解説書をポケットから取り出し、フセンのはさんである箇所を開いて見せる。

「それにしても、よく勉強してるやないの。総角の歌の意味もよくわかってるんやろうから、ついでに教えてちょうだい。私にはちょっと理解できないところがあるんよ」

「要するに、これは恋歌なんですよ。総角というのは、総角結《あげまきむす》びのことで、いまで言えば飾り結びとでも言うんでしょうか。鎧《よろい》とか御簾《みす》などによく使う結び方で、何回も糸や紐《ひも》を結ぶんです。つまり、この歌は、総角結びのように何回も何回も愛を結びこめ、糸が同じところに何回も出合うように、あなたと私とはいつまでも一緒にいたいものですという薫の想いをこめた恋歌なんですよ」

「ロマンチックやわね」

「まったく、当時の貴族なんて優雅なもんですよ。とにかく、そんなわけで、『総角』の古蹟の碑《いしぶみ》には、その恋歌が刻まれているわけですが、三年前の第一の殺人事件と関係があるのかどうか、その点は、何とも言えません」

「ひとまず、その事件の内容を話してちょうだいよ。被害者の首を鋭利な刃物で切断したというんやから、優雅な話でないのは確かやわね」

「首を切断したことだけを取りあげれば、そういうことになりますが、しかしですよ、男女の愛欲がからんでいるのは確かなんです。そこらあたりのことを考えれば、『総角』のストーリーと無関係とは言えないでしょう」

「なるほど。とにかく事件の詳細を話してちょうだい」

「わかりました」

と言って、石橋警部補は、第一の事件の記録を手にとり、ページを繰りながら話しはじめた。

「先程、言いましたように、『総角』の古蹟のある付近一帯は、静かな場所で、ハイキングコースにもなっているんです。そこから大吉山《だいきち》へ登ると展望台があり、宇治一帯が見下ろせます。人家もほとんどなく、ところどころに空き地があったりして……」

「車は通れるの？」

「何とか通れますが、舗装されていない地道があったり、対向車のすれ違いが無理なところもあったりしますが、その気になれば通れるんですよ。とは言っても、物淋《ものさび》しいところですから、夜間なら人も車も、まず通らないでしょう」

「犯行が行われたのは、やはり夜間なんやね？」

「はい。司法解剖の結果、犯行時刻は、午後九時半ごろから十一時半ごろまでの二時間以内であろうと推定されています」

「被害者は女性やったんでしょう？」

「そうです。『総角』の古蹟の近くにある空き地の雑木林のなかでスーツを着たまま死んでいました。死体は仰向けになっていましたが、首と胴が鋭利な刃物で切断され、鑑識が撮影した写真を見ても、思わず目をそむけたくなるくらい凄惨な光景です」

「凶器も見つからなかったんでしょう？」

「そうなんです。スーツは被害者が外出用に着ていたスミレ色の薄手のウールでして、下着もきちんとつけていましたし、靴下や靴なんかをはいたまま殺されていたんです。レイプされた形跡もありません」

「ちょっと奇妙な事件やね」

「まったくです。なぜ、そんな残酷な殺し方をしたのか、動機もまったくわからないんです」

「現場付近に遺留品は？」

「被害者のバッグが発見されていますが、クレジットカードや現金なんかも盗まれておらず、物盗りではないと思われます」

「車のタイヤ痕なんかは？」

「舗装されていない地道に、うっすらと乗用車のものらしいタイヤ痕が残ってはいましたが、それが果して犯人のものかどうか、それもわかりませんし、車を特定することもできなかったんです」

「何もかもが裏目にでたわけやね。しかし、被害者のクレジットカードが見つかってるんやから、身元はすぐに割れたんでしょう？」

「割れました。被害者は伊達千代子《だてちよこ》。死亡当時、三十二歳の人妻でした。その当時、夫の伊達宗太郎《そうたろう》は、京都室町《むろまち》の繊維商社のオーナー社長だったんです」

「だった？　いまは違うんやね？」

「もう死んでいますから……」

「まあ。ご主人も？　気の毒に……先をつづけてちょうだい」

「伊達千代子は、夫の女狂いとバクチ好きに、ほとほと困っていたらしいんですよ。だからと言って愛想を尽かすわけでもなく、ただ歯を食いしばり、耐え忍んでいたんじゃないかと言う人もいます」

「具体的には、どういうこと？　女狂いとかバクチ好きとかいうのは……」

「愛人が三人もいたんです。バブル景気のときは、七人の愛人を囲っていたというんですから、あきれた話です」

「面倒見がたいへんやったやろうね」

「そりゃそうですよ。七人だったら、ひとまわりするのに一週間かかるでしょう。毎晩一人ずつ面倒見たとしてもね。しかし、バブルが崩壊し、会社の経営が危なくなった時期には三人に減らしています」

「それにしてもよ、会社の経営が苦しくなっているのに、愛人を三人も囲っていたやなんて、非常識な話やないの？」

「愛人は三人に減らしましたが、三頭の競走馬は手放そうとしなかったんですから、あきれてしまいます」

「すると、バクチ好きというのは、競馬やったの？」

「主として競馬狂いだったというだけで、賭《か》けごとには目がないんです。暴力団が取り仕切っている非合法なバクチ場にも出入りしていたと言いますから……もちろん、東京、名古屋、京都、大阪と競馬場通いを欠かさなかったのは言うまでもありません。そんなわけですから、借金がふくらむばかりで、とうとう顧問弁護士もさじを投げたと聞いています」

「根っからの道楽者なんやね。そんなふうでは、奥さんも耐《た》えられなかったでしょう？」

「そのせいかどうか、確かなことはわかりませんが、どうやら、恋人がいたらしいんですよ」

「その恋人が誰か、わかっているの？」

「それがわからないから、捜査がはかどらなかったんです。よっぽど巧妙に立ちまわっていたんでしょうね。その恋人にしろ、妻の千代子にしろ……」

「そやけど、夫が愛人を何人も囲っていたんやから、奥さんとしても遠慮することなかったのと違う？　自分もおおっぴらに男遊びをしたらええでしょう。こそこそ隠れてやらんでも」

「いや。そこが、京の老舗《しにせ》の女房の辛いところなんでしょう。何しろ封建的因習が根強く残っている旧家ですから、女遊びは夫の甲斐性《かいしょう》だなんていう女性蔑視の考え方が当然のことのように通用していましてね」

「夫の甲斐性やなんて……とんでもないわ。顧問弁護士がさじを投げるくらい乱脈な経営をしていたくせに……」

「手前勝手もいいところですよ」

「それで、殺人事件の捜査はどういうことに？」

「司法解剖の結果、まず鈍器様のもので被害者の頭部を強打し失神させておいて、首を切り落としたことが判明しています」

「鈍器様のものというのは、例えば？」

「たぶん、固い石じゃないかと執刀医は言っていますが、現場付近からは見つかっていません」

「ちょっと待ってよ。それやったら奥村卓夫殺害事件と似ているやないの？」

「もちろん類似性はあります。しかし、ですよ、奥村卓夫は川原の石に躓き、足を滑らせて転倒したために角の尖った石塊で頭を打ち、気を失ったんですから、この点に限って言えば自傷行為です。ところが伊達千代子殺害事件では、犯人が故意に被害者の頭部に損傷を加え失神させたんですから、その点では違っていますよね」

「それはわかるけど、状況が似ているわね。大切なことは、三年前の事件では被害者が女性やったのに、今回の事件では男性が首を切られて殺されたことなんや。そして有力容疑者として、二十二歳の松浦真由美という女の子が起訴された。この違いはあるんやけど、犯行の手口に類似性があるのは確かなことでしょう。ところで、女狂いでバクチ好きの夫が死んだというんやけど、いったい、どういうこと？」

「妻の千代子が殺害されて以後、一か月後に首を吊《つ》って死んだんです」

「自殺？……原因は？」

「借金の清算ができなくなり、妻にも先立たれて生きる意欲を失ったんでしょう。遺書の内容から推測すると、それが真相のようです」

「子供はいなかったの？」

「二人いました。父親の自殺した当時、小学五年生の長男と三年生の長女の二人です」

「いま、どうしているんやろう？　その二人……」

「自殺した宗太郎の従兄《いとこ》が、尾張一宮《おわりいちのみや》で織物工場を経営していましてね。そこへ引き取られ、育てられているそうです」

「それを聞いて、ほっとしたわ。路頭に迷うこともなく、何とか立ち直れる見こみがあるでしょうから……それで、妻の千代子が殺害された動機については、何かわかっているの？」

「いいえ。全然。動機不明です。もしかすると、千代子の恋人が真相を知っているんじゃないかと思われますが、これも推測に過ぎません。だいいち、恋人が誰なのか、それさえわからないんですから……ただ、ここにある記録を精査した結果、ひとつだけ手がかりが見つかりました」

「手がかりというと？」

「夫の伊達宗太郎は、自分でベンツを運転して愛人を旅行へ連れて行ったり、競馬場なんかへ出入りしていたんですが、そのベンツは、奥村卓夫の会社が売却したものなんです」

「つまり、奥村卓夫が売りこんだベンツやったのやね？」

「そうなんです」

「いつのこと?」

「以前から取引関係があったそうですが、ベンツを買い換えたのは、伊達宗太郎が自殺する半年も前だったことがわかっています。ただし、奥村卓夫が妻の千代子の恋人だったのかどうか、それはわかりません。いまさら、当事者を取り調べるわけにもいきませんし……」

「死人に口なしやもんね」

「そうです。関係者三人が死んでいるんですから、どうにもなりません」

「石橋さん。私が思うに、三年前の第一の事件は、『総角』の古蹟付近が犯行現場でしょう。一方、今回の事件も『夢浮橋』の古蹟の近くで起こったんやから、この点では、二つの事件には共通性があるんよ。もしかすると、この一連の事件の背景には、隠れた動機があったりして、それが宇治十帖の筋書きとか登場人物に関係があるかもしれへんよ」

「それだけではありませんよ、検事さん。先日、夏川警部が話していたように、五年前の第二の事件だって、『早蕨』の古蹟の近くで起こっているんですから、偶然の一致とは思えないんです。しかも、この第二の事件にも、やはり奥村卓夫が一枚噛んでいる形跡があるんですよ」

「おもしろくなってきたわね」

と風巻やよいは、興味しんしんの面持ちで石橋警部補を見やった。

5

石橋警部補は、風巻やよいに言った。

「先日、夏川警部の言ったように、第二の事件の犯行現場は、『早蕨』の古蹟の石碑が建っている付近でして、宇治神社から宇治上神社へ向かう途中の中間地点にあたります」

「なぜ、そこが『早蕨』の古蹟なんやの？」

「源氏物語の宇治十帖は、その近辺に八の宮の山荘があったという想定で書かれているんですが、付近一帯は森や林の緑に囲まれ、ハイキングコースになっていまして、早春ともなれば、あちこちに蕨の芽が吹くのどかな場所なんです。宇治十帖の『早蕨』の巻では、中の君がいまは亡き姉の大君を偲《しの》んで、早春の蕨に託して、こういう歌を詠むんです。『この春はたれにか見せむ亡き人のかたみにつめる峰の早蕨』とね」

「カッコいい。だいぶ勉強したわね」

と風巻やよいは、石橋警部補を見て笑った。

石橋警部補は、白い歯並みをのぞかせながら、

「タネ本を見て暗記したんですよ。ことのついでに『早蕨』の巻の筋書きをかいつまんで話しますと、こういうことなんです。第二の事件と関係あるかどうかはわかりませんけど……」

「ことのついでに聞かせてもらうわ」

と風巻やよいは笑顔を向ける。

石橋大輔は、彼女にやさしげな微笑を返しながら、

「そんなわけで、いま言いましたように、姉の大君を失ったばかりか、それに先立って父君とも死別した中の君は、深い悲しみに沈みながら、毎日を山荘で過ごしていました。薫も同じ悲しい思いにとらわれていました。薫は、仏道一筋にはげんでいた八の宮を心から尊敬していましたし、それにもまして大君を深く愛していたわけですから、その二人を失ったいまとなっては、中の君の悲しみは、薫自身の悲しみでもあったわけです。そんなことから、薫と中の君は、心が通じ合う

ように なり、やがて薫は、愛してやまなかった大君の面影を中の君に見出し、恋心を抱くまでになるんです」

「そうした矢先に、匂宮が中の君を京の自分の屋敷へ引き取ってしまうんでしょう? 確か、そんなストーリーやったと思うけど……」

「よくご存じじゃないですか。そのとおりなんです。矢も楯《たて》もたまらなくなった薫は、熱い想《おも》いを胸に秘めながら、中の君が暮らしている匂宮の二条院へ足しげく通います。しかし、いまは匂宮に愛され、幸せに暮らしている中の君を目のあたりにすると、薫としては、秘める想いを打ち明けることもできず、ただひたすらに中の君の幸福を祈るしかありません」

「ところが、そういう薫の気持ちを匂宮が勘づくようになり、やがて二人の男は、中の君のことで互いに嫉妬心《しっとしん》を抱くようになった。こういう筋書きやわね」

「検事さんも人が悪い。知っていながら私に言わせるんだから……」

「そうやないわ。あなたの話を聞いて、高校時代の記憶がよみがえったんよ。悪く思わんといて……」

「いや、悪く思いますよ」

と石橋警部補は、快活に声をあげて笑う。

「それでね、石橋さん。肝腎の第二の事件のほうは、どういうことなん？」

「それそれ。被害者は大城津矢子《おおしろつやこ》と言いまして、死亡当時二十七歳。第一の事件と同じく鋭利な刃物で首を切断され、死んでいたんです。もちろん凶器は見つかっていません。殺害前に、犯人は被害者の頭部を強打し失神させておいて、首を切断したものと思われます」

「それやったら、第一の事件と同じやないの」

「そうです。被害者の頭部を強打するのに用いたのは、ブロックのコンクリート片で、現場付近に捨ててありました。被害者の血痕がついていましたから、凶器だとわかったんです」

「コンクリート片なら、指紋は残らへんわね」

「ですから何の手がかりにもなりません。現場は『早蕨』の古蹟のすぐ近くでして、宇治神社から宇治上神社へ至る道路から横道へ逸《そ》れたあたりで、両側とも、鬱蒼《うっそう》と繁る森に囲まれ、物淋しい場所なんです。夜ともなれば、まったくと言ってもいいくらい人も車も通らないんですが、舗装されていない地道が通じていまして、車を乗り入れることはできます。しかし捜査記録によれば、犯人のものと思われるタイヤ痕は発見されませんでした」

「犯行がおこなわれたのは、やはり夜やったの？」

「そうです。司法解剖の結果によれば、午後十時から午前零時までの間であろうと推定されました」

「第一発見者は、どういう人？」

「毎朝、宇治神社の掃除に通っている主婦です。掃除を終わり帰ろうとして、ふと横道のほうを見ると、何だか人が倒れているように見えたので近寄ってみたところ、首を切られた死体だとわかり、腰を抜かさんばかりにびっくりして、宇治神社の社務所へ駆け込み、注進したんです」

「宇治神社から警察へ通報したんやね？」

「そうです。時刻は、もう昼前でしたから、犯行後、その時刻まで誰も現場を通らなかったと考えていいでしょう」

「被害者は、やはり人妻？」

「そうです。大城津矢子というのは本名でして、結婚前は女優だったそうですが、あまり知られていません。しかし夫のほうはテレビ俳優としては有名で、南光《みなみみつ》雄《お》と聞けば、思い出すんじゃありませんか？」

「私、テレビをあまり見ないから……」

「がっちりした体格で、しぶいマスクの俳優ですよ。事件当時は三十四歳でした。テレビドラマには準主役として、しばしば登場します。本名は、大城宗太《そうた》というんですよ」

「顔を見れば、思い出すかもしれないわね。それで、夫のアリバイはどうなん？」

「アリバイは完璧《かんぺき》です。事件当時、南光雄は北九州へロケに出かけていたんです。ロケ隊のメンバーが、彼のアリバイを裏づけていますから、間違いありません」

「すると、被害者の交遊関係を洗う必要があったはずやけど、そこらあたりのことは？」

「おっしゃるとおり、その点の捜査はかなり念入りにやったらしいんですが、容疑者らしい人物は浮かばなかったんです。大城夫婦の住まいは京都の嵯峨《さが》にありまして、夫の大城宗太がロケなんかで留守がちになるのをいいことに、妻の津矢子は派手に遊びまわっていたってことはわかっているんですけど、容疑者らしい人物は浮かびあがらず、結局、迷宮入りになってしまったんです」

「第一の事件のように、奥村卓夫が外車のセールスで大城宅をたずねていたなんてことはないのやろか？」

「それはあるんです。南光雄がアウディの中古車を奥村卓夫から買ったこともわかっています」

「すると、妻の大城津矢子が、夫の留守中、そのアウディを乗りまわしていたなんてことはないんやろか？」

「津矢子は、車を運転しないんです。免許もありませんし……車嫌いとでも言うか……いまどきの女性にしては、ちょっと珍しいですよ」

「私かて車を運転しないのやから、いまどき、ちょっと珍しい女ということになるんやろうか？」

「いいえ。そういう意味で言ったんじゃないんです。お気にさわったら勘弁してください」

「謝ることあらへんわ。そやけど車を運転しないから、どうのこうのなんて言うのはよくないわね」

「すいません。つい口がすべったもんで……」

石橋警部補は、平身低頭せんばかりに恐縮している。

「石橋さん。私かて、二十代のころは車で通勤してたんよ。ところが、そのころ、交通部に所属していたので、毎日のように交通事故の取り調べをしているうちに、私自身が怖くなってきてね。ちょっとした心の隙《すき》が、大事故につながるのかと思うと恐ろしくて……」

「なるほど。検事が事故を起こしたりすると、それこそたいへんなことになりますからね」

「結局、車の運転をやめたんよ。それはさておき、事件当時、奥村卓夫は一応、容疑者の一人として浮上していたのやろうか？」

「いいえ。全然……この点では、第一の事件と同様です。記録を読んでみても、まったく疑われた形跡がありません。ですから、本人から事件当時のアリバイを聞き、裏づけを取るなんてことは、一切していないんです」

「第一の事件の場合もでしょう？」

「そうです」

「とにかく、第一の事件と第二の事件とは、同一犯人の仕業と考えてええわね。手口が同じなんやから……被害者にしてみても、二つの事件とも人妻やし……」

「検事さん。犯人は、なぜ宇治十帖の古蹟を犯行現場に選んだんでしょうね。これが、大きな謎《なぞ》だと思うんです」

「そのとおりやわ。いま公判中の事件にしても、『夢浮橋』の古蹟の近くやというんやから、たぶん、三つの事件は、どこかでつながっているんでしょう。そんな気がしてならへんわ」

「同感です。しかしですよ、第一の事件と第二の事件の犯人が、仮に外車のセールスをしていた奥村卓夫だったとすれば、目下公判中の事件は、どう考えればいいんでしょうか？　二つの事件で、人妻の首を切断して殺害した奥村卓夫がですよ、今度は、それと同じ手口で首を切られ、殺されていたってことになるわけですから……」

「そこがポイントやろうね。動機は復讐《ふくしゅう》ってことも考えられるし……」

「復讐？……誰のための復讐ですか？……被告人の松浦真由美が、第一の事件と第二の事件で殺された二人の人妻のために復讐を図り、奥村卓夫の首を切り落として殺した。そういうわけですか？」

「そこまでは言ってないわよ。そやけど、どこかでつながりがあるのやないかという漠然とした疑惑は否《いな》めないわ。残念ながら、そこから先の見通しが立たへんのよ」

　風巻やよいは、暗然とした気分になった。

第三章　奇妙な証人

1

松浦真由美の公判は回を重ね、やがて第四回公判期日が到来した。

その前日のことだった。

検察事務官の谷口明《たにぐちあきら》が風巻やよいの執務室にあらわれると、一通の書面を彼女のデスクの上に置いて、

「検事さん。つい、いましがた裁判所から届いた証拠申請書の副本なんですけど……」

「証拠申請書?」

彼女は眉をひそめながら、その書面を手にとった。

「明日の公判で、弁護側は、新たな証人を召喚するつもりなんですよ、検事さん」

「そのようやわね。この申請書によると、どうやら目撃証人みたいだけど……」

「しかし、いまごろになって、目撃証人だなんておかしいですよ。目撃者がいたのなら、もっと早くに召喚して、その証言を求めるべきです」

と谷口事務官は、不快な顔をした。

彼女は言った。

「たぶん、私たち検察側に不意打ちを食らわせるつもりなんよ」

「フェアじゃないですよね、そんなのは……」

「内海弁護人は、そういう人なんよ」

彼女は、その申請書に視線をはわせた。

問題の目撃証人は、杉山《すぎやま》まゆ子三十二歳。

申請書添付の尋問事項書から推測すると、事件当時、犯人らしい男が現場から立ち去るのを杉山まゆ子が目撃していたらしいのだ。

（まさか……）

信じられないことだった。

内海弁護人は、もしかすると、杉山まゆ子とかいう女性を買収し、偽証させるつもりではないかと風巻やよいは疑った。

2

公判が開かれた。

西沢裁判長は、証人席に立っている杉山まゆ子にむかって、

「杉山さん。それでは宣誓をしていただきます。そこに置いてある宣誓書を手にとり、よく聞きとれるように大きな声で読んでください」

と言い、率先して立ち上がった。

それを合図に両側の二人の陪席裁判官が起立する。

検察官席の風巻やよい、内海弁護人、書記官や速記官、傍聴人たちも一斉に立ち上がった。

やがて宣誓書を朗読する杉山まゆ子の声がした。

女性の声にしては音量の豊かなメゾソプラノだった。

「良心に従って、ほんとうのことを申し上げます。知っていることをかくしたり、ないことを申し上げたりなど決していたしません。右のとおり誓います」

宣誓が終わると、彼女は廷吏の指示にしたがい、宣誓書の末尾に署名捺印した。

もう、このときには西沢裁判長をはじめ法廷に居合わせた全員が、それぞれの席に腰を下ろしていた。

西沢裁判長は、法壇の上から証人席の杉山まゆ子を見下ろしながら、

「それでは、いま宣誓したように、真実を述べるように心がけてください。もし記憶に反した供述をすると、偽証罪として処罰されることもありますので、気をつけてください。わかりましたね？」

「はい。よくわかりました」

「では弁護人。主尋問をどうぞ」

と西沢裁判長は、弁護人席の内海弁護人を見やった。

内海弁護人は、うなずき返しながら立ち上がると、証人席の杉山まゆ子にむかって、わざとらしい笑みを浮かべ、猫なで声で、こう言った。

「杉山さん。ご多忙中のところ、ご協力をいただき、まことにありがとうございます。おわかりのことと存じますが、質問の内容をよく聞きわけて、意味を取り違えたりしないように注意してくださいね」

「わかっています」

「では、おたずねしますが……」

と内海弁護人は、手にしたメモに視線を落とす。

杉山まゆ子は、ちょっと俯《うつむ》きかげんになり、膝の上に両手を置いて、質問を待っている。

杉山まゆ子は、大柄でグラマラスな女性だった。

肩幅が広く、胸も豊かで、セクシャルな脚の線が鮮やかなグリーンのスカートの下から、すらりと伸びきって、彫りの深いエキゾチックな容貌《ようぼう》だった。

何はともあれ、一度出会ったら、忘れ難い強烈なイメージを人の脳裏に灼《や》きつ

ける不思議な魅力を秘めた女性であると言っていいだろう。

内海弁護人は、メモから顔をあげると、証人席の杉山まゆ子にたずねた。

「あなたのお住まいは、宇治橋のすぐそばにあるんですね？」

「はい。『グレース・ヒル』というマンションの五一一号室が私の住まいです」

「五一一号室というと、五階ですか？」

「そうです」

「毎朝、あなたは、そのマンションから勤め先の会社へ出勤するんですね？」

「そうです」

「勤め先は、どこですか？」

「大阪の『野中建設』です。そこの総務部庶務課に勤めています」

「『野中建設』は、どんな会社ですか？」

「中堅どころのゼネコンで、大阪と東京の第一部市場に株式を上場しています」

「それでは、九月十二日早朝の出来事についてうかがいます。あなたは、その朝、何時ごろに起きましたか？」

「午前五時四十分ごろです。毎朝、その時刻には必ず起きるんです。そうでないと遅刻しますので……」

「五一一号室の窓際に立つと、何が見えるか話してください」

「宇治橋の全景が見えます」

「距離的に一番近いのは、宇治橋のどのあたりですか？」

「すぐ目の下が宇治橋の西詰です。そこが一番よく見えるんです」

「宇治橋の西詰までは、直線距離にして何メートルくらいですか？」

「約七十メートルです」

「九月十二日早朝も、あなたは宇治橋の全景が見通しになる窓際に立ち、そとの景色を見ていたんですね？」

「見ていました。ちょうど夜明け直後で、やわらかな朝の光が川面《かわも》に流れる朝霧に差しこみ、淡い虹《にじ》がかかっていました。虹はすぐに消えましたけど……」

「そのとき、あなたは、ただ何となく窓のそとを見ていただけですか？　それとも、何か用事をしながら？」

「歯を磨きながら、窓から川面を見ていたんです」

「その時刻ですが、起床直後ですか？　それとも、多少とも時間が過ぎていたんですか？」

「正確な時間の経過はわかりませんが、たぶん、起床後、十分足らず経過していたと思います」

「十分足らずと言いましたが、どうしてわかるんですか？」

「起床後、朝食の用意をしたりシャワーを浴びたりしますので、少なくとも十分くらい経過していたはずですから……」

「あなたは、ていねいに歯を磨くほうですか？　それとも手早く……」

「ていねいに磨きます。私、歯の手入れを丹念にする質ですから……」

「なるほど。お見受けしたところ、歯並びが美しく、きれいに生えそろっていますよね」

「私、それが自慢なんです。歯の汚いのは人に不快感を与えることにもなりますので、神経質なくらい、ていねいに手入れをしています。美容の点からも、そのほうが望ましいでしょうし……」

杉山まゆ子は、誇らしげな顔をした。

確かに、精巧な入れ歯と見まがうばかりの白く美しい歯並みである。

内海弁護人は、主尋問を続行した。

「さて、歯を磨きながら窓ガラス越しに宇治橋のあたりを眺めていたさい、不審な人物を目撃したそうですね？」

「はい。二十七、八歳くらいの男の人で、何となく不審に思えたんです」

「挙動不審だったというんですね？」

「そうです。何だか、そわそわしながら石段を下り、河川敷を歩いて行きました」

「そわそわしながらと言いますが、例えば？」

「つまり、人目を避けるように、用心しながら橋の下へ向かって歩いて行きました」

「歩いて行ったって？　駆けて行ったんではないのですか？」

「何と言いますか、様子をうかがうようにして、用心しながら橋の下へ進んで行ったんです」

「西詰ですね？　橋の下というのは……」

「そうです」

「それから、何があったんですか？」

「橋の下へ姿を消したんです」

「それだけですか？」

「はい。私は、しばらく窓際に立っていたんですが、その男の人は、どういうわけか、再び橋の下に姿を見せることはありませんでした」

「つまり、宇治橋の下へ姿を消したままだった。こういうことですか？」

「そうです。ふと時計を見ると、六時少し前だったので、慌てて朝食の支度をしたり、出勤の用意をしたり……もう、それっきり、その男のことは忘れてしまったんです。それどころではありませんでしたから……」

「出勤の途についたのは、何時ごろでしたか？」

「七時ごろです。マンションを出てから、京阪電車の宇治駅へ向かう途中、宇治橋西詰までくると、パトカーや警察の車が何台も止まり、私服の刑事さんが忙しそうに動きまわっておられるのを見て、私、ハッとしました」

「なぜハッとしたんですか？」

「もしかしたら、あの男の人が、何か悪いことをしたんじゃないかと思ったりして……」

「挙動不審に見えたからですね？　その男が……」

「そうです」

「それで、どうしたんですか？」

「ちょっと迷ったんですが、私、出勤を急ぎますので、そのまま橋を渡り、宇治駅へ向かいました」

「ちょっと迷ったとは？」

「あの男の人のことを刑事さんに話したほうがよいのかどうか、迷ったんです。ですけど関係ないかもしれず、私も先を急ぎますので、京阪電車に乗ったんです」

「しかし、その後も、気にはなっていたんでしょう？」

「ええ、まあ……事件が新聞に出たりして……」

「では、今回、あなたが、弁護側の証人として証言していただくことになったのは、どういう経緯によるものか、簡潔に話していただけますか？」

「はい。宇治橋の下で起こった殺人事件について、その後、新聞記事なんかを読んでおりますと、松浦さんという二十歳をすぎたばかりの若い女性が容疑者として裁判にかけられていることがわかりましたが、それがどうも納得できなくて……」

「なぜ、納得できないんですか？」

「だって、二十歳そこそこの女の子がですよ、一人前の男の首を切り落とすなんて、そんな酷《むご》いことをするとは信じられないからです」

「つまり犯人は松浦真由美ではなく、例の挙動不審の男が怪しいと、そう思ったんですか？」

「はい。確信はありませんけど、何だか、あの男の人が関係しているのかもしれないという気がして……」

「それで、どうしたんですか？」

「裁判所へ電話をして、弁護人の方の名前と事務所の電話番号を教えてもらい、私が電話を入れたんです」

「私の事務所へね？」

「はい。事件のあった朝、私が目撃した男の人のことを内海先生の秘書の方にお話しました。それがきっかけで協力を求められ、こうして証言することになったんです」

杉山まゆ子は、これまでのところ、クールな態度で証言していた。

いずれにしろ、今日の法廷に杉山まゆ子が召喚され、こうして証言することになったおよその事情は、これで風巻やよいにも理解できた。

それにしても、挙動不審の男というのは、いったい、何者だったのか。

なぜ、犯行時刻ごろ、現場にあらわれたのか。

風巻やよいにしてみても、重大な関心事だった。

いずれにしろ、その挙動不審の男が橋の下へ消えたのは、事件の起こる直前だったのか、それとも直後だったのか、そこらあたりのことは、これまでの杉山まゆ子の証言からは判然としない。

たぶん、杉山まゆ子自身にしてみてもよくわからないのだろう。

だいいち、被告人の松浦真由美が、そのことを知っていたのか、どうか。このことも、解明しなければならない大きな謎《なぞ》だった。

壇上に居並ぶ三人の裁判官は、いずれも興味深げに杉山まゆ子の証言に耳をかたむけている。

内海弁護人は、質問をつづけた。

「それでは、問題の挙動不審の男について、さらに詳しくおたずねします。年齢は、二十七、八歳くらいと言われましたが、間違いありませんね？」

「はい。間違いありません」

「身長は、どれくらいだったか、わかりますか？」

「たぶん、百六十五センチくらいではなかったかと思います」

「顔は見えましたか？」

「横顔がよく見えました」

「どういう印象を受けましたか？　その男の横顔を見て……」

「日灼《ひや》けして健康そうでした」

「容貌ですが、丸顔とか面長とか、その程度のことはわかりますか？」

「面長だったと思います」

「ずいぶん詳細に観察しておられますが、あなたには確信があるんですね？」

「はい。私の記憶は間違いないと確信しています」

「服装については、どうですか？」

「茶色のブレザーを着ていました」

「茶色のブレザーというと、ちょっと派手な感じの？」

「ええ、まあ……人目を引くファッショナブルな服装でした。これは間違いないと思います」

「ズボンはどうでした?」

「青っぽい色のズボンでした」

「青っぽいと言うと?」

「紺色と言いますか……」

「間違いありませんね?」

「はい。これは確かです」

「シャツはどうです?」

「白っぽいシャツだったと思います」

「ネクタイは?」

「ノーネクタイでした」

「どんな靴を履《は》いていたか、それはおぼえていますか?」

「黒っぽいカジュアルシューズでした」

「カジュアルシューズと言うと、例えば?」

「軽やかな感じの靴だったと思います。靴の素材はわかりません」

「では、髪はどうでした？」

「髪はスポーツ刈りでした」

「別のことをうかがいますが……あなたが、その挙動不審の男を見ていたのは、ほんの短時間だったんでしょう？」

「はい。その人が宇治橋西詰の石段をおり、橋の下へ姿を消すのを見ただけですから……」

「すると、一分か二分？」

「ええ、まあ……」

「ところで、あなたが窓際を離れたあとのことですが……その男が橋の下から外へ出てきた可能性もありますね？　あなたが見なかっただけで……」

「そうかもしれません」

「その朝、あなたが宇治橋西詰で目撃したのは、その不審な人物だけでしたか？ほかにも誰かを見ませんでしたか？」

「その男の人だけでした」

「ここに座っている被告人を見ませんでしたか？」

内海弁護人がたずねると、彼女は、ちらっと被告人席を見やって、

「いいえ。この方は見ていません」

「全然、見おぼえがない人だというんですね？」

「そうです。はじめて見る人です」

このとき、被告人席に座っていた松浦真由美は、証人席の杉山まゆ子に見つめられ、きまり悪そうに視線を伏せた。

内海弁護人は、主尋問を続行した。

「あなたは、犬を連れた七十歳くらいのご隠居ふうの男の人を見ませんでしたか？」

「いいえ。見ていません。私が見たのは、例の不審な挙動の男の人だけです」

「あなたが窓際を離れた時刻ですが、午前六時前ごろだったんじゃありませんか？」

「そうかもしれません。午前六時二分か三分前だったんでしょう」

「どうして二分か三分前だったと？」

「窓際を離れたあと、朝食の支度をしながらテレビをつけたんです。それから間もなく、ＮＨＫの『おはよう日本』がはじまりましたから……」

「なるほど。あの番組は、毎朝六時に放映されますからね」

内海弁護人は、うなずき返す。

このあと、内海弁護人は、関連事項について、いくつかの質問をしてから、主尋問を終えた。

3

内海弁護人の主尋問が終わると、西沢裁判長は風巻やよいに言った。

「検察官。それでは、反対尋問をどうぞ」

「承知しました」

と風巻やよいは、反対尋問の要点を記したメモを手にして立ち上がった。

杉山まゆ子の表情に緊張感が浮かぶ。

内海弁護人の場合とは違って、今度は検察官から厳しく追及されるのではないかと杉山まゆ子は心配になってきたらしい。

真実を述べているのなら、恐れることもないのにと風巻やよいは思いながら、反対尋問の口火を切った。

「杉山さん。今度は、私からおたずねします。あなたがお住まいの『グレース・

ヒル』五一一号室の間取りは、どのようなものですか？　まず、そのことから、おうかがいしましょう」

杉山まゆ子は、風巻やよいの顔を見ずに、正面に視線を投げながら答えた。

「間取りは３ＬＤＫです」

「宇治橋が見えるという部屋は、そのうちのどれですか？」

「リビングルームです」

「失礼かもしれませんが、あなたの給料は、どれくらいですか？」

「えっ？　給料ですか……」

と杉山まゆ子は、ちょっと意外な顔をして風巻やよいを見つめた。

「杉山さん。参考のためにうかがっておくだけです。私のほうで捜査をすればわかることですが、そこまでするのは、かえって失礼かと思いまして……」

このとき、内海弁護人が立ち上がり、異議の申し立てをするかに見えたが、それより先に、杉山まゆ子が口を開いた。

「給料は、手取りで二十八万円くらいです。残業などの関係で、多少とも変動するんです」

「それでは、家賃はどれくらいですか？」

風巻やよいが言ったとたんに、内海弁護人が勢いこんで立ち上がった。

「裁判長。異議があります。マンションの家賃などは、本件とは何の関係もありません」

すかさず、風巻やよいは反論した。

「裁判長。いまの検察官の質問は、証言の信用性をテストするためにも必要不可欠です。他意はありません」

聞いていた西沢裁判長は、両側にひかえている二人の陪席裁判官のほうへ顔を向け、ひそひそ声で意見を聞いたうえで、判断を下した。

「弁護人の異議は却下します。検察官は、いまの質問をつづけてください。証人は、先程の検察官の質問に答えなければなりません」

西沢裁判長に言われて、杉山まゆ子は、口ごもりながら、こう答えた。

「家賃は、月額十八万円です。ほかに共益費のようなものが必要ですけど……」

「十八万円だとしますと、手取りの給料のかなりの部分が家賃に消えてしまうわけですね？」

「ええ。それは仕方ないと思っています」

「つまり、十万円で生活しなければならない。そうですよね？」

「おっしゃるとおりです」

「実際に、月々十万円で生活できるんですか？」

「できます。もっと少ない生活費でやっている人だって、たくさんいるんですから……」

「でも、お見受けしたところ、あなたが身につけておられるファッションなんかには、ずいぶんお金がかかっていると思うんですけど、いかがですか？」

「いいえ。それほどでもありません」

「そうでしょうか。こうして見たところでも、お召しになっているスーツや靴、膝の上に置いてらっしゃるバッグにしても、すべてブランド物の高級品ばかりですわね。違いますか？」

彼女は、顔を赤らめ、俯いてじっと唇を噛んでいたが、やがて傲然《ごうぜん》として頭をもたげると、眉をひきつらせながら風巻やよいをにらみつけて、

「高級ブランド物を持っていては悪いとおっしゃるんですか？」

「よい悪いの問題ではありません。手取り二十八万円の給料なのに、十八万円の家賃を支払い、ほかに共益費が必要だとおっしゃいましたわね。つまり月々十万円足らずで生活しなければならないのに、あなたが身につけておられる高級ブラ

ンド品は、高価なものばかりですわ。どこから、そういうお金が入ってくるのかと思って……それだけじゃありません。あなたが、裁判所の駐車場に止めておられるマイカーは、風格のある臙脂色のジャガーの新車ではありませんか？」

「ジャガーに乗ってはいけないと……」

「そうは言っていません。杉山さん、私の質問に素直に答えていただきたいんです」

見る見るうちに、杉山まゆ子の顔から血の気が引いていくのがわかった。

先程は赤くなっていたのに、今度は青くなったりして、彼女もずいぶん忙しい。

内海弁護人としても、追い詰められている彼女に助け船を出してやりたいのは、やまやまだろうが、ここまでくると、そうもいかず、苦虫を嚙みつぶしたような顔をして唇を結んでいる。

法壇の上から西沢裁判長の声がした。

「杉山さん。検察官の質問に答えてください」

注意され、やむなく杉山まゆ子は重い唇を開いた。

「私は、コンピュータプログラマーとして『野中建設』に入社したんです……」

「専門職だとおっしゃるんですね？」

「ですから、私には、会社から受け取る給料以外に副収入があります」

「副収入ですって？　それは、どれくらいの金額になりますか？」

「毎月、平均して三十五万円くらいの副収入があります」

そう言った杉山まゆ子の声が震えていた。

「毎月三十五万円？　それだったら、会社から受け取る給料よりも多いじゃありませんか？」

「そういうことになると思います」

「それ、ほんとですか？　あなたは宣誓しているんですよ。嘘をつくと偽証罪として処罰されることがあるのを知っていますね？」

「知っています。私は嘘をついていません」

そう言った杉山まゆ子の横顔が凍りついたように強張《こわば》っていた。

「では、次の質問に移ります」

と風巻やよいはメモに視線を落として、

「九月十二日、つまり事件当日の早朝、あなたが目撃したという不審な人物について、あらためてうかがいますが……そのとき、あなたは、五一一号室の窓際に立っていたわけでしょう？」

「はい。リビングの窓際です」

「そこから、宇治橋西詰までの距離は、どれくらいですか？」

「距離ですか？　先程答えましたけど……」

「もう一度、答えていただきたいんです。先程の答えは主尋問に対するもので、いまの私の質問は反対尋問ですから、同じことでも、答えていただかなければなりません」

「わかりました」

と杉山まゆ子は、膝の上に置いた手をじっと見つめる。

たぶん、内海弁護人から質問されたとき、何と答えたのか、思い起こそうとしているのではないかと風巻やよいは思った。

これも、おかしな話である。

内海弁護人の質問に対して、ありのままを答えたのなら、検察官の反対尋問のさいにも同じ答えが口をついて出なければならない。いまのように深刻な顔をして考えこむ必要はないはずだ。

風巻やよいは、証人席の杉山まゆ子をじっと観察しながら、彼女が口を開くのを待った。

やがて、彼女はこう答えた。

「七十メートルくらいだったと思います」

主尋問のときと同じ答えである。

「杉山さん。どうして七十メートルくらいだったとわかるんですか？」

「距離計で測りましたから……」

「距離計で？……」

風巻やよいは、ちょっと意外な気がした。

その気配を察したのか、杉山まゆ子は、こう言った。

「ゴルフの飛距離を測る距離計です。私、ゴルフが好きなんです」

「なるほど。距離計のことはわかるとして、どういうわけで、そこまでしなければならなかったんでしょうか？」

「内海先生から言われたからです。リビングルームの窓際から宇治橋の西詰まで、直線距離にして、どれくらいの距離があるか、目測でもいいから、だいたいのところを調べておきなさいって……ですから、私、ゴルフ用の距離計を持っていたのを思い出し、それを使って距離を測ったんです」

「正確には何メートルでしたか？」

「確か、七十一・五メートルあったと思います。そのことを内海先生に電話で知らせますと、それだったら七十メートルくらいだと答えておきなさいって……」

杉山まゆ子は、ちらっと内海弁護人に気づかわしげな視線を投げる。

内海弁護人は、平然としてポーカーフェイスを決めこんでいる。

およその距離を測っておくようにと内海弁護人が指示したこと自体、違法ではない。もちろん、偽証教唆《きようさ》にはならない。

風巻やよいは、質問を続行した。

「杉山さん。それでは次の質問に移りますが……不審な男の年齢は、推定できますか？」

「はい。たぶん、三十歳を過ぎていたと思います」

「間違いありませんか？」

「はい。それくらいの年齢でした」

「では、身長は？」

「百七十五センチくらいでした」

「ちょっと見た感じとして、どちらかと言えば色白でしたか？」

「はい。どちらかと言えば色白でしたが、見るからに健康そうで……」

「間違いありませんか？」

「間違いありません」

「人の容貌はさまざまですが、仮に、丸い顔か長い顔か、その二つにわけるとすれば、その不審な人物は、どちらだと思いますか？」

「そうですね。どちらかと言えば、長いほうでした」

「つまり、面長だったと言うんですね？」

「そうです」

ここで、風巻やよいは、一歩踏みこむ思い入れで、こう言った。

「杉山さん。いま、あなたは、リビングルームの窓際から宇治橋の西詰までの距離は、約七十メートルだと証言しています。これは、ゴルフ用の距離計で測ったというんですから、正確なのは当然です。しかし、その不審な男の年齢や容貌などについては、あなたが内海弁護人の質問に答えたときの証言とくらべてみれば、かなり内容が違っているんです。おわかりになりますか？　そのことが……」

「いいえ。違っているとは思いませんけど……」

「では、教えてあげましょう。例えば、年齢の点ですが、内海弁護人の主尋問のさいには、二十七歳から二十八歳くらいと答えておきながら、先程の私の質問には、三十歳過ぎだなんて答えていますね。どちらが正しいんですか？」

「どちらも正しいと思います。二十七、八歳くらいと言い、三十歳を過ぎていたと言っても、大きな違いはないと思います」

「まあ。これは驚きました。そういう、いい加減な考え方で証言したんですね？だったらわかります。身長なんかも、内海弁護人の主尋問のさいには百六十五センチくらいと答えたのに、私の反対尋問のときには百七十五センチくらいだなんて……これもいい加減な証言です。容貌の特徴にしてみても、主尋問のさいには日灼けして健康そうな顔だったと言っておきながら、反対尋問のさいには、どちらかと言えば色白だが、健康そうだったなんて……この証言で一致している箇所は、健康そうだったという点だけであり、日灼けしていたことと、色白だったこととは、まるっきり正反対ではありませんか？　しかも、あなたは『間違いありませんね？』と私が念を押すと、『はい。間違いありません』などと確信をこめて答えています。要するに、あなたの証言は、すこぶる矛盾に満ちているとしか言いようがありません。違いますか？」

風巻やよいは厳しい口調で追及した。

彼女の表情には、狼狽《ろうばい》の色が濃い。

内海弁護人は、まずいことになったと言わぬばかりに顔をしかめている。

西沢裁判長は、非難をこめた眼差しを証人席の彼女に注いでいた。

風巻やよいは、追及の手をゆるめなかった。

「では、その挙動不審の男の服装については、どうですか？」

「ジャケットを着ていました。こげ茶色の……」

「おや、また証言が変わりましたね」

風巻やよいが言うと、証人席の杉山まゆ子は、ハッとして彼女をふり向く。

その表情には、途惑いの色が濃い。

風巻やよいは言った。

「その不審な男の上着は、茶色のブレザーではなかったのですか？　確か、あなたは主尋問のさい、そう答えたはずですよ」

「えっ？……だって、同じことだと思うんですけど……ジャケットもブレザーも似たようなものですから……」

「もちろん、あなたの言うように、ブレザーもジャケットの一種ですが、問題は上着の色です。間違いなく、こげ茶色でしたか？　それとも茶色でしたか？　どちらなのか、はっきりさせてください」

「茶色にも見えましたし、こげ茶色にも見えました。たぶん、光線の加減で、茶色に見えたり、こげ茶色に見えたのかもしれません。いずれにしても、おしゃれな感じの服装でした。これは間違いないと思います」

風巻やよいは、杉山まゆ子の証言の信用性を疑いながらも、反対尋問をつづけた。

「どういうズボンをはいていたか、おぼえていますか？」

「ズボンですか……」

と杉山まゆ子は、記憶をたどるように空間を見つめながら、

「よくはおぼえていませんが、たぶん、これも光線の加減でしょうけど、黒っぽい感じのズボンでした」

「杉山さん。正確に答えてくださいよ。黒っぽい感じといいますが、ブラックだったのですか？　それともダークグレーとか？　どちらも黒っぽく見えるんですがね」

「どちらか、よくおぼえていません」

「紺色のズボンをはいていたのではありませんか？」

「そうかもしれません」

「杉山さん。あなたは誘導に弱いんですね？　私がヒントを与えると、すぐ、それにのってしまう。ほんとは、どうなんです？　あなたは、その挙動不審の男をよく見ていなかったんじゃありませんか？」

「いいえ。そんなことはありません」

「では、その男が、どんなシャツを着ていたか、証言してください」

「シャツはブルーです。鮮やかなブルーというか……」

「ブルーですって？　間違いありませんか？」

「はい。間違いありません」

　杉山まゆ子の証言の内容は、主尋問のときとくらべると、かなり違った内容のものに変化していた。

　主尋問のときは、「白っぽいシャツだったと思います」と彼女は答えているのだ。

　それにもかかわらず、ここへきて、突然、「鮮やかなブルー」のシャツだったと証言している。

　こうなると、もはや彼女の証言は、支離滅裂とまでは言えないにしても、重大な矛盾をはらんでいるのは確かだった。

「杉山さん。それでは、問題の挙動不審の男が、どんな靴を履いていたか、その点は？」

「カジュアルシューズでした。色はよくおぼえていません」

「主尋問のさいには、黒っぽいカジュアルシューズだったと答えていますが、どうなんですか？」

「だったら、たぶん、そうなんでしょう」

「ずいぶん無責任な証言ですね。まあ、いいでしょう。ひとまず先へ進むとして……その挙動不審の男が、ネクタイをしていたかどうか、それはおぼえていますか？」

「おぼえています。たぶん、シャツと同系統の色のネクタイをしていたと思うんですが、距離があるので、よく見えませんでした」

「シャツと同系統の色のネクタイと言うと、鮮やかなブルーの？」

「そうです」

「杉山さん。あなたね、ほんとに、その挙動不審の男を目撃したんですか？」

「目撃しました。だから、こうして証言しているんです」

「それじゃ、おたずねしますが、あなたは主尋問のさい、その男がノーネクタイだったと証言しているんですよ。もう忘れてしまったんですか？」

「いいえ。忘れたわけじゃありません。たぶん、主尋問のときに答えたのが正しいんだと思います。私だって人間ですから、何度も同じことをたずねられると、頭の中が混乱して、つい勘違いするんです」

どうやら、杉山まゆ子は証言の食い違いを「勘違い」ですませるつもりらしい。

「杉山さん。それでは、その挙動不審の男のヘアスタイルはどうでしたか？」

「私の記憶に間違いなければ、ヘアスタイルは長髪だったと思います」

「長髪と言うと、どれくらいの長さの？」

「ちょっと待ってください。間違えました。長髪ではなく、髪を七三くらいにわけていたと思います」

「まあ。それだったら、長髪ではないんですね？」

「ええ。七三にわけていたのは、おぼえています」

「杉山さん。先程も言いましたが、あなたは、ずいぶん無責任な人ですね？　よろしいですか？　あなたは、その男のヘアスタイルについて、主尋問のさいには、スポーツ刈りだったと証言しているんですよ。ところが、いまは、長髪だったとか七三にわけていたとか……ほんとに、あなたは、その挙動不審の男を目撃したんですか？」

「目撃したから証言しているんです」

「ちょっと信じられないんですがね。実際のところは目撃していないのに、目撃したかのような証言をしているんじゃありませんか？」

「とんでもない。それじゃ私が偽証しているとおっしゃるんですか！」

杉山まゆ子は、突然、興奮し、風巻やよいをにらみつけながら、凄《すご》い剣幕で食ってかかった。

内海弁護人が、たまりかねて異議の申し立てをした。

「裁判長。検察官は、不必要に証人に心理的圧迫を加え、証言を混乱させようとしています。こういうのは違法です。ただちに是正措置を講じていただきたい」

風巻やよいは、馬鹿馬鹿しくなってきたが、異議をつけられたからには、反論しなければならなかった。

彼女は、西沢裁判長にむかって、

「裁判長。検察官は、正しいルールにのっとって反対尋問をおこなっているんです。証人に対し、違法な心理的圧迫を加えるつもりは毛頭ありません」

西沢裁判長は、ちょっとうなずき返すような表情を見せながら、即座に判断を下した。両側の陪席裁判官の意見を聞くまでもないと考えたのだろう。

「弁護人の異議申し立ては却下します。検察官は、尋問をつづけてください」

「承知しました」

と風巻やよいは、証人席の杉山まゆ子に向き直り、反対尋問を続行した。

何はともあれ、杉山まゆ子が偽証しているらしいのは、ほぼ間違いのないところだ。

問題は、なぜ、彼女が偽証しなければならないのか。そのことである。

被告人の松浦真由美は、沈鬱な表情を見せながら、悄然《しょうぜん》として首《こうべ》をたれていた。

4

閉廷後、風巻やよいが地検宇治支部へ戻って間もなく、石橋警部補がふらりと彼女の執務室へあらわれた。

「検事さん。どう思います？　杉山まゆ子の証言ですよ」

石橋警部補が傍聴人席の一番前にどっかと腰を下ろし、熱心な態度で杉山まゆ子の証言に耳を傾けていたのは風巻やよいも知っていた。

彼女は、石橋警部補を見つめながら、

「ひとまず、あなたの意見を聞かせてよ。今回の事件は、あなたが第一線指揮者として捜査を遂げ送検してきたんやから、まず何よりも、あなたの意見を聞かないことには……」

「そうですね。私の印象では、まったくお話にならないってことです」

「要するに杉山まゆ子の証言は信用できないというのやね」

「そうです。例えばですよ、問題の挙動不審の男の年齢なんかについても、主尋問のさいには二十七、八歳くらいだったと言っておきながら、反対尋問になると、三十歳を過ぎていたなんて……」

「でも、その程度の食い違いは、よくあることなんよ。人の年齢なんて、ぴったり正確に言いあてるなんて無理なんやから……主尋問の証言と反対尋問の証言が、ぴったり正確に一致していたら、かえって疑わしいのよ」

「疑わしいとは?」

「信用性が乏しいということなんや。例えばよ、弁護人に何度もトレーニングされ、そのとおりに証言しているとすれば、細部にいたるまで、ぴったり一致するのが当然やもんね」

「それじゃ、問題の男の容貌なんかについては、どうなんですか？　主尋問のさいには、日灼けした健康そうな顔だったと言っておきながら、反対尋問になると、どちらかと言えば色白だったが、健康そうに見えたなんて……あれはおかしいですよ。たとえ横顔しか見えなかったとしてもですよ、日灼けしていたか、それとも色白だったか、全然、正反対のことですから……」

「それは言えてるやろうね。ほんとに彼女が例の男の横顔を見ていたのなら、主尋問と反対尋問とで証言が大きく食い違うなんてことは、まずあり得ないんやから……」

「まだありますよ、検事さん。上着やズボンの色を多少とも言い間違えたのは大目に見るとして、シャツの色をたずねられると、主尋問のときとは全然違った証言をしたじゃないですか」

「あなたの言うとおり、主尋問のときは、白っぽいシャツを着ていたと証言しておきながら、反対尋問になると、鮮やかなブルーのシャツを着ていたなんて、どう考えても、これはおかしいわね。ネクタイにしても、主尋問では、ノーネクタイでしたと答えておきながら、反対尋問のときには、シャツと同系統の色のネクタイをしていたやなんて……」

「カジュアルシューズについても、同じことが言えますよ。黒っぽいカジュアルシューズだったと主尋問のときには証言したのに、反対尋問になると、カジュアルシューズの色はおぼえていないと証言したんですから……ヘアスタイルにいたっては、まったくお話になりませんよ」

「それそれ。主尋問では、スポーツ刈りだったと証言したのに、反対尋問になると、長髪だったと答えたかと思うと、その舌の根が乾かないうちに、いや、七三くらいに髪をわけていたやなんて、矛盾だらけの証言になったんやもんね」

「ということはですよ、検事さん。杉山まゆ子は偽証していたってことじゃないですか？」

「その可能性が濃厚やわね。だとすると、いったい、誰に頼まれて彼女が偽証したのか。そこらへんのことを突きとめんことには……」

「もちろん、突きとめますよ。こうなったら、私としても腹の虫がおさまりませんからね。疑わしいのは、やはり内海弁護人だと思うんですが、どうでしょうか？」

「さあね。いくら何でも弁護士ともあろう人が、そこまでやるとは、ちょっと思えないんやけど……」

「いや、内海弁護人ならやりかねませんよ。巨額の報酬に目が眩《くら》み、被告人の松浦真由美を何とか無罪に持ちこもうとして、危ない橋を渡ろうとしているんじゃありませんかね」

「ちょっと待ってよ。もし、そうだとしたら、誰がスポンサーなんやろう？　松浦真由美自身には、そんな資力があるとは思えないもんね」

「失踪中の小嶋千香子か、それとも小嶋家の実家あたりか、丹念に聞き込みをやれば、何かわかるかもしれません」

「聞き込みだけで、それを突きとめるのは、むずかしいわ。小嶋夫妻は失踪して行くえが知れないんやし、実家の小嶋家にしてみても、簡単に口を割るとは思えないもん」

「内海弁護人を絞めあげるという手はどうでしょう？」

「それは無茶と言うもんよ。内海弁護人が、警察の事情聴取になんか応じるはずないわよ」

「それだったら、被告人の松浦真由美を拘置所から呼び出して追及するなんてのは？」

「それはできないわ。公判中に被告人を取り調べるやなんて……」

「どうしてですか?」

「わかりきったことやないの。被告人の松浦真由美は、目下、公判中なんよ。つまり、訴追側の検察官と対等の立場にあるんやから……」

「当事者主義と言うわけですか?」

「よくわかってるやないの。それよ。被疑者として彼女が警察や検察官の捜査の対象になっているときは、出頭を求め、事情を聞くこともできるけど、いったん公判が開かれれば、もう、彼女を取り調べの対象にはできないのやから……もっとも別件なら差し支えないんやけど、それも弁護人の立会いがないと、あとになって法廷で争われたりしたら、面倒なことになるもんね」

「そうすると、八方ふさがりですね、検事さん」

「そうでもないわ。考えてもみてよ。偽証の疑いのあるのは、杉山まゆ子なんやから、まず彼女を捜査の対象にするのが、一番、手っとり早いのと違う?」

「そりゃまあね。だったら、早速、杉山まゆ子を呼んで事情を聞いてみます」

「それはあかん」

「どうしてですか?」

「いきなり杉山まゆ子を呼んだりしても、情報がとれるはずがないもん。もし、彼女が買収されていたのなら、真っ先に内海弁護人に相談するのに決まってるわ」

「そうなると、内海弁護人が悪知恵をつけるというわけですか？」

「そう考えるのが常識やわね」

「それじゃ、どうすればいいんですか？」

「とりあえず、杉山まゆ子の身辺捜査をするのが先決やね」

「聞き込みですね」

「そう。勤め先の会社の『野中建設』とか、彼女が暮らしている『グレース・ヒル』の管理人や入居者なんかの間を丹念に聞き込みにまわることや」

「わかりました。チームを組んで念入りに聞き込みをやってみます。何かの情報が入ったら、すぐに検事さんに報告しますよ」

「期待してるわよ、石橋さん」

そう言って、風巻やよいは腰を浮かせると、

「石橋さん。そろそろ、おやつの時刻やけど、付き合う？」

と石橋を見て微笑む。

「『阿月』ですね？　喜んで……」

「石橋さん。あなたも、私の影響で甘党になってしもうたわね」

「いいえ。辛いほうもあい変わらずですよ。両刀使いってわけです。それじゃ行きましょう」

と石橋警部補は、にこにこしながら立ち上がった。

そのとき、電話のコールサインが入った。

受話器をあげると、夏川染子警部のキンキン響く、かん高い声がした。

「検事さん。そこに石橋くんがお邪魔してるのと違いますか？」

「ええ。お見えになってるわ。電話をかわりましょうか？」

「いいえ。検事さんにも聞いていただきたいから……」

「それやったら、スピーカーに切り換えるわ。ちょっと待ってね」

と言いながら、風巻やよいは電話機のボタンを押して、

「夏川さん。切り換えたわよ。石橋さんも聞いてると思うけど……」

石橋警部補は、風巻やよいを見てうなずく。

夏川染子警部は言った。

「検事さん。『宿木《やどりぎ》』の古蹟をご存じですか？」

「宇治十帖の『宿木』やわね。その古蹟がどこにあるのかは知らんけど……それがどうかしたん？」

「その近くで、半白骨化した死体が発見されたんです。検視の結果、女性の死体だとわかりましてね。そればかりか、首と胴が切り離されていることもわかってきたんです」

「夏川さん。それやったら、これまでの事件と同じやないの？」

「そうなんです。たぶん、一連の猟奇事件と密接にかかわっているんやないかと思うんですが……」

「その半白骨の死体は、死後、どれくらい経過してるのん？」

「少なくとも半年は経過していると考えてよさそうです」

「半年？　それやったら、小嶋夫妻の行くえが、突然、知れなくなった時期やないの？」

「そのとおりですが、発見された半白骨の死体は女性のものだけで、男性の死体は見つかっていませんのや」

「いまのところは、そうでしょうけど、別の場所で見つかるかもしれないわね」

「わかっています。捜査はつづけるつもりですから……」

「身元は、もちろん、わからないんやろうね？」

「目下のところ、身元不明です。しかし、義歯なんかから身元が割れる可能性もありますので……」

「その見こみはあるのん？」

「歯科医師会なんかに照会するつもりです。京都だけではなく、近畿各地の歯科医師会へも捜査員を派遣するつもりでいますんや」

「それがいいやろうね。ところで、死体は、もう運び出したん？」

「つい先程、京都の大学の法医学教室へ搬送しました。詳細に鑑定書を書いてもらうつもりでいますので、できあがったらお持ちします。もう少し早く連絡がとれたらよかったんですけど、法廷へ出ておられたもんやから、検事さんや石橋くんに連絡できなかったんです」

「それはいいけど、一応、現場を見ておこうかしら？」

「どうぞ。日が暮れるまで捜査をつづけるつもりですから……とにかく、石橋くんは、すぐにこっちへきてくれないと、人手が足りんのです」

「それじゃ、石橋さんと一緒に、現場へ車を飛ばします。『宿木』の古蹟は、石橋さんなら知っていると思うから……」

「もちろん、知っていますでしょう。それじゃお待ちしていますので……」

電話が切れた。

「検事さん。私の車で案内しますよ」

「お願いするわ。これで『阿月』はおあずけやわね」

と風巻やよいは、石橋警部補を見て笑った。

5

石橋警部補は、宇治川上流へ向かってマイカーを走らせた。

宇治方面では紅葉のシーズンが京都よりもかなり遅いと聞いていたが、実際そのとおりで、川岸の樹木は、ほとんど色づいていなかった。

風巻やよいは、石橋警部補の鼻筋のすっきりした横顔を見つめながら、

「石橋さん。『宿木』の古蹟は、まだずっと先なん？」

「もうすぐです。かつて、あの付近一帯には、ケヤキやエノキ、ミズナラなんかが茂っていましてね。樹上には、鳥の巣みたいに丸い形をした宿木が寄生していたそうですよ。いまはあまり見られなくなっていますが……」

「だから、『宿木』というのやね？」

「そうです。薫の君は、いまなお忘れがたい大君への想いをこめ、自分自身を宿木になぞらえて歌を詠んでいるんですよ」

「つまり、薫が大君という樹木にからまる宿木というわけやね？」

「そういう解釈も成りたつと思うんですよ」

「ずいぶん意味深長《いみしんちょう》やないの。自分を大君にからまって生きる宿木にたとえるやなんて……」

「それに、濃艶《のうえん》な色気も感じられますしね」

「まあ、石橋さん言うたら……ヘンな想像せんときなさいよ」

と風巻やよいは、くすぐるような笑い声をもらす。

「何ですか、検事さん。その笑い方……ずいぶん色っぽいじゃありませんか？」

そう言った石橋自身が顔を赤らめているのだから世話はない。

「ねえ、石橋さん。自分を宿木にたとえて薫が詠んだ歌というのは、どんなん？」

「自信はないんですよ、調べてこなかったから……」

「思い出してみてよ」

「確か、こうじゃなかったかな？『宿りきと思ひ出でずば木のもとの……』

……下《しも》の句は、ちょっと思い出せなくて……」

「『旅寝もいかに寂しからまし』……違《ちご》うたかな？」

「検事さん。知ってるくせに……私をテストしたんですか？　人の悪い……」

「そうやないのよ。あなたが上《かみ》の句を口ずさむのを聞いて、下の句を思い出したんよ」

「そうですかね。眉にツバつけて聞いておきますよ」

石橋は快活に笑った。

そうこうするうちに、「宿木」の古蹟へきてしまっていた。

車の交通が規制され、付近一帯に捜査員が散開して、証拠物や遺留品の捜索に余念がない。

舗装道路に面した川っぷちに、「宿木」の古蹟の碑が建てられ、源氏物語「宿木」の巻のあらすじを記した案内板が立っていた。

半白骨の死体が発見されたのは、「宿木」の古蹟から舗装道路をへだてた小高い丘のふもとの雑木林のなかだという。

「なるほど。ここなら、人に見られずに死体を埋められるわね」

と風巻やよいは、地面が掘り返されたあとの穴ぼこを見下ろしながら言った。

「検事さん。それにですよ、ここだったら車を乗り入れることもできるんです」

と夏川染子警部が、二重顎《にじゆうあご》をひいて、うなずく。

「ところで、夏川さん。このあたりの車の交通量はどうなんやろう？」

「昼間のうちは、車が通りますけど、日没後は、極端に交通量が減るんです」

「つまり、物淋しい場所に変わるわけやね」

「そのとおりですが、このあたりで殺害して、死体を埋めたのか、それとも殺害現場はほかにあって、死体だけをここへ運んだのか、それはまだわかっていませへんのや」

「この雑木林のなかで被害者の首を切断したとしても、半年も経《た》てば、血痕なんかの痕跡も消えてしまうやろうしね」

「そうです。いずれにしても、手がかりが乏しいんで、困ってますんや」

夏川染子警部は、厳しい表情になった。「阿月」でチョコあんみつデラックスを食べていたときの幸せそうな彼女とは別人のようだ。

「ところで、夏川さん。死体の第一発見者は誰やの？」

「消防署員なんです。今月は火災予防月間やというので、『火の用心』のステッカーを貼《は》り付けようと、消防署員が二人、雑木林のなかを歩いているときに見つけたんやそうです」

「何かに躓くとかして？」

「というより、地面からにょっきり人の足みたいなのがむき出しになっているのを見て、ぎょっとしたと言ってます。たぶん、野犬が土を掘り返したんでしょう」

「それで、警察へ届け出たんやね？」

「そうです。何はさておき、死体の身元を突きとめるのが先決ですわ」

「先程も話したとおり、半白骨の死体は、半年ばかり経過してるというんやから、失踪した小嶋千香子の死体ということも考えられるわね。そうなると、もう一体、夫の小嶋乙彦の同じような半白骨死体がこの付近に埋められているのと違うやろうか？」

「その可能性もあるんで、明日も引きつづいて、付近一帯を捜索するつもりでいますんや」

「それがいいでしょう。あら、石橋警部補はどうしたんやろう？」

つぶやきながら、風巻やよいはあたりを見まわしたが、姿が見えない。

「検事さん。石橋くんは、もう作業服に着替えて捜索隊に加わってるんでっしゃろ。きっと、この雑木林の奥へ分け入ったんやと思いますけど……」

「いつものことやけど、感心するくらい仕事熱心な人やわね」

「それはもう……石橋くんのおかげで、私も大助かりですわ」

「いずれにしても、むずかしい事件になってきたわね」

風巻やよいは、ため息をもらした。

ふと空を見あげると、雨雲がたれこめ、いまにも、ひと雨きそうな怪しい空模様だった。

実際、しばらくすると、しとしとと絹糸のような細い雨が降ってきた。

しかし、夏川染子警部は、雨に濡れながらも捜索の陣頭指揮をとっている。

これには、さすがの風巻やよいも頭の下がる思いがした。

6

それから一週間後、例の半白骨死体についての捜査報告書を石橋警部補が届けにきてくれた。

「遅くなって申しわけありません。いろいろと聞き込み捜査に手間取ったものですから……」

と言って、石橋警部補は、その報告書をデスクの上に置いた。

「ごくろうさま。たいへんだったでしょう」

風巻やよいは、報告書を手にとりページを繰りながら、

「石橋さん。あとでゆっくり読ましてもらうから、とりあえず概略だけ話してくれへん？」

「いいですとも……まず、法医学的鑑定の結果、死後、半年ばかり経過しているのは間違いないという結論が出ています」

「要するに、検視の結果と同じなんやね？」

「そうです」

「ほかには？」

「容疑者の割り出しに結びつくような遺留品や証拠物は見つかりませんでしたが、もう一体、半白骨死体が発見されたんです」

「予想どおりやわね。それで発見された場所は？」

「宇治川左岸の空き地です。今度も『宿木』の古蹟の近くなんですよ。とは言っても、女性の半白骨死体が埋められていた場所から道路をへだてた反対側になり

ます。距離的には十メートルそこそこですが……」

「性別はどうなん？」

「思ったとおり、男性の半白骨死体でした」

「やっぱり……それで身元は？」

「残念ながら、身元不明です」

「石橋さん。女性の半白骨死体の身元はわかってるんやろう？　この報告書には、失踪中の小嶋千香子の死体であることが判明したと記載されているわ」

「そのとおりです。こちらのほうは義歯の特徴から身元が判明したんです。生前の小嶋千香子は、大阪堂島の歯科医に通って、歯の治療をしてもらったり、義歯を矯正してもらったりしていた関係で、カルテが残っていたんですよ」

「かかりつけの歯科医のカルテから身元が判明したわけやね」

「その点はラッキーでした。しかし、もう一体の死体の身元は、残念ながら特定できなくて……」

「夫の小嶋乙彦やないの？」

「たぶん、そうではないかと推測はつくんですが、確定的な資料がなくて困っているんです」

「各地の歯科医師会なんかへ照会してるのやろうね？」

「もちろん、近畿一円の歯科医師会へ照会中ですが、これまでのところ有力な情報が入ってこなくて……」

「仕方ないわね」

「そんなことより、とびっきり上等のネタがあるんですよ、検事さん。わかりますか？　何だか……」

「もったいぶらないで話してよ」

「先日の杉山まゆ子の証言ですがね。やっぱり、あれは偽証でした」

「どういうわけで？」

「どうもこうもありませんよ。彼女はですね、事件当日の九月十二日は、会社へ出勤していなかったんですから……」

「まさか……彼女は、こう証言したんよ。あの日、出勤の途についたのは午前七時ごろで、宇治橋西詰まできたとき、警察の捜査が始まっているのを見たと……こうも言ったわ。例の挙動不審の男のことを刑事さんに話したほうがいいかどうか迷ったけど、結局、出勤を急ぐのでやめたやて……あれは嘘やったの？」

「真っ赤な嘘です。『野中建設』で調べてもらったところ、あの日は欠勤していたことがわかっています。その経緯はこうでした。午前八時ごろに彼女から会社へ電話があり、流感にやられたらしくて、三十九度の高熱に悩まされているから、かかりつけの先生に診てもらうって……」

「まあ。なぜ、そんなことで嘘をついたのやろう？　その程度のことなら、嘘をつく必要もなかったのに……」

「そうじゃないんですよ、検事さん。嘘をつく必要があったんです」

「それ、どういうことなん？」

「その話は、あとまわしにして、私が彼女の偽証を突きとめた、もう一つの手がかりを聞いてもらいたいんです。それはですね、反対尋問のとき、検事さんは、彼女の私生活について質問されましたね？」

「ええ。給料は手取りで二十八万円なのに、月々の家賃が十八万円もする気のきいたマンションで暮らしているし、高級ブランドの洋服やバッグとか、ジャガーの新車に乗っているとか……そういうお金は、いったい、どこから出ているのかやなんて質問をしたわね」

「そうです。あのとき、彼女は三十五万円の副収入があるなんて言ってましたが、これも真っ赤な偽りです。調べてみたら、彼女には副収入なんてないんです。コンピュータプログラマーとして、『野中建設』に入社したのは確かですけど、アルバイトはしていません。聞き込みの結果、それがわかってきたんです。そこで、これは何かあると思って、私のチームの捜査員に命じて、根気よく聞き込みをやらせたんですよ。会社の同僚やら、『グレース・ヒル』の入居者たちの間をまわったりして……」

「それで？」

「驚いたことに、彼女には有力なパトロンがいたんです。つまり愛人ですよね。その愛人から月々手当てをもらっていたので、贅沢《ぜいたく》な生活ができるわけです」

「なるほど。そういう仕掛けになっていたんやね。確かに彼女は、同性の私の目から見ても妬《や》けてくるくらいセクシーな女性やもんね。美人でグラマーやし……それで、愛人というのは、どんな男性？」

「それがですね。こともあろうに、『野中建設』の重役なんですよ」

「オフィスラブってこと？」

「まあね。その愛人は、野中洋平《のなかようへい》、四十七歳。『野中建設』の常務取締役兼総務部長ですから、彼女の直属の上司にもあたるわけです」

「野中という姓から考えて、野中一族に属する重役なんでしょう？」

「そうです。『野中建設』は同族会社ですから、一族に属する重役とコネをつけておけば、彼女としても、何かにつけて有利なんでしょうね。しかし、不思議なことに社内では、ほとんど誰も知らないんですよ、二人の関係を……」

「よっぽどうまく立ちまわっているんやね」

「たぶんね。われわれが二人の愛人関係を知ったのは、『グレース・ヒル』の入居者から情報が入ったからです」

「と言うと？」

「『グレース・ヒル』の五階に入居している経済情報誌の記者が教えてくれたんですよ。週に二回くらいの割合で、野中洋平が杉山まゆ子のマンションに通ってくるって……そういうときは、たいてい泊まっていくんだそうです」

「その経済情報誌の記者は、野中洋平の顔を知っていたんやね？」

「もちろん知っていたわけですが、野中洋平のほうは、その記者の顔を忘れていたらしいんですよ。廊下でばったり出会ったのに、全然、気づいていないようだったと、その記者が言ってますから……」

「とにかく、私たちにとってはラッキーやわね。有力な情報が入ったんやから……」

「そうです。その記者は、こうも言ってましたよ。インタビューを申しこんだほうは、写真を撮ったりしますから、相手の顔をおぼえているわけですが、インタビューされたほうは、どういう記事が出たかについては関心があるにしても、インタビューをした記者の顔なんかはすぐに忘れてしまうんだろうって……」

「なるほど。あり得ることやわね。それにしても、なぜ、杉山まゆ子は嘘をついたんやろう？」

「検事さん。そのことですが、出勤していないのに出勤したとか、副収入がないのに、あるようなことを言ったりしたのは、派生的なことですよね。つまり、挙動不審の男が実在したのかどうか、そのこととは直接関係がないわけです」

「そのとおりやけど、派生的な事柄で嘘をつくのは、彼女の証言全体の信用性にかかわることなんよ」

「わかっています。実を言うとですね、杉山まゆ子は、あの朝、挙動不審の男なんか見てはいなかったんですよ」

「すると、先日の公判で彼女が証言したことは、全部、偽証やったの？」

「すべて偽証です。真っ赤な偽りだったんですよ」

「しかし、そのことと、彼女には野中洋平という愛人がいることと、いったい、どう関係してるのん？」

「検事さん。ここに野中洋平の供述調書があります。私が一昨日、野中洋平に電話をいれ、用件を告げたうえで署へきてもらったんです。そのときに作成した供述調書がこれです。これを読んでいただければ、すべてが明らかになります」

そう言って、石橋警部補は、一通の供述調書をアタッシェケースから取り出し、彼女に手渡した。

十数ページ程度の供述調書だから、全部読み通したところで、さほど時間はかからなかった。

「なるほど。こういうことなんやね。しかし、この供述調書を次回公判に証拠書類として提出しても、たぶん内海弁護人は同意しないやろうね。警察の供述調書は、伝聞証拠なんやから、弁護人の同意がなければ法廷へ提出できないことくらい石橋さんも知ってるでしょう？」

「知っています。ですから野中洋平を法廷へ召喚し、証言を求めるよりほかないわけですよね」

「そうなんよ」

「ところが、野中洋平自身は証言したくないと言ってるんです。そのかわり、自分の供述を調書にとるのはかまわないって……」

「要するに、捜査には協力するけど、法廷へ出て証言するのはいやだと言うんやね？」

「そうなんです。言葉を尽くして説得したんですが、どうしても首を縦に振らないんです。どうされます、検事さん？」

「そうやね。三回くらい召喚状を送達して、それでも出頭しないときは、裁判所に勾引状《こういんじょう》を発付してもらい、野中洋平の身柄を拘束して、強制的に法廷へ連れてくるよりほかないわ。そういうのは、私の本意ではないんやけど、ほかに手はないもんね」

　検察官である風巻やよいの立場から言えば、真実を明らかにするには、どうあっても野中洋平の証言が必要不可欠だった。

第四章　陰にひそむ男

1

思ったとおり、野中洋平は、召喚状を受け取っていながら出頭してこなかった。二度、三度の召喚状にも、やはり応じない。

検察事務官の谷口明が、あらかじめ野中洋平のオフィスへ電話を入れ、秘書と打ち合わせて、出頭可能な日時を決めたうえで召喚状が発せられているにもかかわらず、当日の朝になると、秘書から電話がかかり、「多忙のため」とか「急用で」とか、もっともらしい理由をつけて出頭できないと言ってくる始末だ。

やむなく、風巻やよいは、野中洋平の秘書に電話でこう言ってやった。

「ご協力いただけないのなら、勾引状の発付を裁判所に求めるよりほかありません。その場合、警察官が野中洋平さんの身柄を拘束し、強制的に裁判所へ連行することになります。どうしても協力していただけないのなら、勾引もやむを得ないと考えておりますので、そのように野中洋平さんにお伝えください」

これだけ言っても、なお出頭要請に応じなければ、勾引状を執行するよりほかないと風巻やよいは心を決めていたのであるが、結局、その必要はなかった。

さすがの野中洋平も、四度目の召喚状には素直に応じ、面映げな顔をして法廷にあらわれた。

西沢裁判長は、宣誓書の朗読を終えた野中洋平を法壇のうえから見つめながら、

「野中洋平さん、それでは、いま宣誓したように真実を述べてください。もし、記憶に反した内容の証言をすると、偽証罪として処罰されることがありますので、ご注意ください」

「わかりました」

「では、証人席の前の椅子に座り、まず、検察官の主尋問に答えていただきましょう」

「はい……」

と野中洋平は、一礼してから着席した。

野中洋平は、すらりとした細身の、見るからにエレガントな紳士だった。

やさしげで知的な容貌、ロマンスグレーの品のよいヘアスタイル、それに仕立てのいいシックな三つ揃いの背広をさりげなく着こなしているところなど、心憎いばかりだ。

言うなれば、魅力ある中年男の見本のような人物だった。

（なるほど。これなら杉山まゆ子ならずとも……）

私だって、と風巻やよいは、ふと馬鹿げた想像が脳裏をよぎるのを払いのけるようにして、証人席の野中洋平に向きなおると、

「野中さん。それでは、最初に検察官からおたずねします……まず、杉山まゆ子さんとは、どういうご関係なのか、それについて証言してください」

「はい。彼女は、私が部長をつとめる総務部庶務課の女子社員です」

「プライベートな関係をおたずねしているんですが？」

野中洋平は、ちょっと途惑いの表情を見せながらも、

「愛人関係です」

と低い声で答えた。

「いつごろから愛人関係に？」

「もう二年になると思いますが……」

「週に何回くらい、杉山まゆ子さんにお逢《あ》いになるんですか？」

「週に二回くらいです」

「あなたが彼女のマンションをたずねるんですか？」

「はい。ほとんどの場合、そういうことに……」

「杉山まゆ子さんには、月々いくらの手当を支払っていますか？」

「月々三十五万円です。月末に現金で本人に渡します」

野中洋平は、すでに石橋警部補の面前で、すべてを供述し調書ができていることも知っており、いまさら隠しだてしたところで、かえって心証を悪くするだけだとあきらめているらしく、証言をしぶるような態度は、ほとんど見せない。

本来なら、野中洋平の調書を証拠書類として法廷へ提出するのを内海弁護人が同意してくれさえすれば、野中洋平を法廷へ呼び出し、このようにして彼のプライバシーを公開の法廷で証言させる必要は、まったくないわけだ。

しかし、内海弁護人にしてみれば、野中洋平のプライバシーなど、どうでもよいわけで、むしろ、検察側にせいぜい手間を取らせ、時間稼ぎをして公判を引き延ばし、そのぶん手数料を稼ぐことしか頭にないのだ。

もし、そのことで風巻やよいが内海弁護人を非難し、激論にでもなれば、間違いなく内海弁護人は被告人の人権うんぬんの表カンバンを持ち出し、「慎重審理」を声高に要求することだろう。

風巻やよいは、質問をつづけた。

「ほかにも彼女に金銭的な援助を？」

「必要に応じて、まとまった現金を渡すこともあります」

「必要に応じてとは、どういうことでしょうか？　たとえば、新車を買いたいと彼女がおねだりした場合、お金を工面してあげるんですか？」

「そういうこともあります」

「その金額ですが、杉山まゆ子さんの言いなりに都合してあげるんですか？」

「そうとはかぎりません。私にだって、彼女の要求どおりの現金を工面できないこともありますから……そういうときの彼女の悲しそうな顔を見るのが辛いので、極力、都合をつけるようにしています。私は、心から彼女を愛しているんです」

野中洋平は、ちょっと顔を伏せるようにして、沈痛な面持ちで、そう言った。

若い女性に心底からのめり込んでしまった中年男の哀感が、彼の沈み込んだ横顔に滲《にじ》み出ていた。

彼にも妻や子がいるのだから、それなりに悩みも多いことだろうと風巻やよいは、ふと思った。

「野中さん。では、九月十二日朝の出来事についてうかがいますが……その前日も、あなたは杉山まゆ子さんのマンションに泊まりましたね？」

「はい……」

「翌朝は、何時ごろに起きましたか？」

「午前五時四十分ごろだったと思います」

「その時刻に起きたのは、会社へ出勤するためですか？」

「そうです」

「あなたが起きたとき、杉山まゆ子さんはどうしていましたか？」

「よく眠っていました。私は彼女を起こさないように気を配りながら、こっそりベッドを抜け出し、顔を洗ったり、歯をみがいたり……」

「しかし、杉山まゆ子さんのほうは、会社を休むつもりでいたんですね？」

「そのようです。朝早くから起こさないでほしいと、そう言ってましたから……」

「いつ、そう言ったのですか？」

「前夜、彼女が眠りにつく前のことです。たぶん午前二時ごろだったでしょう」

「九月十二日の午前二時ごろですね？」

「そうです」

「あなたは何時ごろに眠ったか、おぼえていますか？」

「やはり、彼女が眠って間もなく眠りにつきました」

「それなのに、午前五時四十分ごろに起きたとすれば、睡眠時間がずいぶん短いですね？」

「それは、やむを得ないことです。私は体力に自信がありますので、その程度の無理は平気です」

「杉山まゆ子さんのことですが、あなたと一夜をともにした翌朝は、いつも、会社を休むんですか？」

「いいえ。いつもとはかぎりません。ただ、あの日、彼女が体調を崩していたのは確かです」

「体調を崩したというと？」

「たぶん疲労が重なっていたんだと思いますが……」

疲労が重なったのは、週二回におよぶ過度の性行為のツケがまわってきたのかもしれないが、そんなことはプライバシーに関わることであり、質問するわけにはいかない。

風巻やよいは主尋問を続行した。

「野中さん。あなたは、当日の午前五時四十分ごろに起床し、顔を洗ったり歯をみがいたりしたと言われますが、そのあと、どうしましたか？」

「歯をみがきながら窓際に立ち、宇治川の景色を見ていました」

「その時刻ですが、起床後どれくらいの時間が経過していたか、おぼえていますか？」

「十分程度、経過していたのではないでしょうか」

「五一一号室の窓際から何が見えましたか？」

「ちょうど夜明け直後で、川面に霧が流れ、朝日が差しこんで、何とも言えない金屏風《きんびょうぶ》の絵のような光景でした。しばらく私は、それに見とれていたと思います」

「宇治橋の西詰が見えるんでしょう？　窓際から……」

「はい。不審な人物を目撃したのは、その宇治橋の西詰でした」

「野中さん。私の質問にだけ答えていただきたいんです。先走って証言しないようにしてください。よろしいですね？」

「わかりました。以後、気をつけます」

んですか?」

「では、その不審な人物について、おたずねします。なぜ、不審の念を起こした

「どう言えばいいのか、そわそわしながら、河川敷へ下りる石段を駆け降りるよ
うにして、橋の下へ姿を消したんです」

「人目を避けて行動するような気配が感じられましたか?」

「何と言うか、こっそり何かを追跡しているような感じもしました」

「追跡? 何を追跡していたのか、あなたにわかりましたか?」

「いいえ。何かを追跡しているような感じがしたというだけです。これだって、
私の勝手な推測かもしれませんから、言葉どおりに解釈されると困るんですけ
ど……」

「わかりました。ところで、その時刻は?」

「たぶん、午前六時二分か三分前ごろではなかったでしょうか?」

「なぜ時刻がわかるんですか?」

「そのあとで、テレビのスイッチをひねったところ、NHKの『おはよう日本』
が始まりましたから……あれは午前六時から放送されるんです」

「なるほど。そのあと、どうしました?」

「朝食の支度をしました。パンを焼いたり、ミルクを温めたり……それから野菜サラダとか……」

「そのとき、杉山まゆ子さんは、まだ眠っていたんですか？」

「一度、目を覚ましたのは私にもわかっていましたが、すぐには起きずにベッドの上でうとうとしている様子でした」

「朝食は、あなただけの分を用意したんですか？　それとも、杉山まゆ子さんの分も？」

「一応、二人分を用意しましたが、気持ちよく眠っている彼女を無理に起こす気持ちはありませんでした。彼女の好きなようにさせてやりたいと思ったからです」

「よけいなことかもしれませんが、あなたは、ずいぶん女性にやさしい人なんですね」

この様子だと、杉山まゆ子は、ただ、お金のためにだけ野中洋平と愛人関係をつづけているのではなさそうである。

やはり、彼女なりに野中洋平への想いがあるからに違いない。

風巻やよいは言った。

「野中さん。あなたが、その挙動不審の男を見ていた時間は、何分くらいでしたか？」

「たぶん、一分か二分くらいでしょう」

「だとすると、あなたが窓際を離れたあと、その挙動不審の男が宇治橋の下から再び姿をあらわし、どこかへ姿を消したのかもしれませんね？」

「それは、あり得ることです」

「では、その挙動不審の男の人相風体についておたずねします。言っておきますが、記憶に残っていることだけを証言してください。無理に答えようとして、曖昧な証言をしないでください。おぼえていないことを無理に証言すると、真実を歪《ゆが》めることになりますので……わかっていただけますか？」

「承知しました。そのように心がけます」

「それでは、まず、五一一号室の窓際から宇治橋西詰までの距離は、どれくらいか、そのことを証言してください」

「はい。約七十メートルです」

「どうしてわかるんですか？」

「杉山まゆ子が距離計で測ったと言ってましたし、実際、私の目測でも、そのくらいの距離だと思います」

「距離計というのは、ゴルフ用の？」

「そうです」

「なぜ、杉山まゆ子さんがゴルフ用の距離計で距離を測ったのか、あなたにわかりますか？」

「彼女から聞きましたので……」

「何を聞いたんですか？」

「弁護士の内海さんから、およその距離を確認しておくようにと言われたので、ゴルフ用の距離計で計測したと言っていました」

「なぜ、彼女がそこまでしたのか、それについては、あとでうかがうとして……その不審な人物の年齢については、見当がつきますか？」

「私の感じでは、たぶん三十歳前後ではなかったかと思います」

「容貌はどうですか？」

「横顔が見えました」

「ひとくちに言って、どういう印象を受けましたか？　その横顔を見て……」

「さあね。よく思い出せないんですが……」

「面長でしたか？　それとも丸顔？」

「それもむずかしい質問ですね。ごく普通の日本の若者の顔だったとしか言いようがありません」

「要するに、面長でもないし、丸顔でもない。そう考えてよろしいでしょうか？」

「はい。私の記憶は、その程度です。とにかく丸顔か面長か、強く印象に残るような特徴的な容貌ではなかったと思います」

この程度の記憶しか残らないのが普通であろう。

七十メートルも距離があり、しかも知った顔でもないのに、面長とか丸顔とか、そこまで証言できるはずはないのだ。

ほんの一、二分間、ちらっと見ただけなのだから、詳しく証言をすること自体が無理というものだ。

その意味でも、先日の杉山まゆ子の証言は、多分に想像による改竄《かいざん》が加えられているのではないかと、早くから風巻やよいは見当をつけていたのである。

真実のところ、杉山まゆ子は、その挙動不審の男を目撃してはいないのである。

目撃したのは、いま証言している野中洋平にほかならない。

杉山まゆ子は、野中洋平から、その挙動不審の男のことを聞いて、あたかも彼女自身が目撃したかのように証言しただけなのだ。

もちろん、そのこと自体、まぎれもない偽証である。

2

風巻やよいは主尋問を続行した。

「野中さん。あと二、三点、その不審な男の特徴についてたずねたいのですが……その男は、日灼けして健康そうでしたか？」

「病弱だったという印象は残っていません。ですから、たぶん健康な若者だったんでしょう」

「その若者は色白ではなかったのですか？」

「さあ、どうだったか……」

「特に印象には残っていない？」

「はい……」

「服装については、どうですか？」

「そうですね。ちょっとおしゃれな感じでした」

「どんな上着を着ていたか、その点は？」

「確か、茶色の上着を着ていたと思います」

「ズボンは？」

「それもよくおぼえていないんですが……」

「上着と同系統の色でしたか？　その男のズボンは……」

「いいえ。違った色ではなかったかと思うんです」

「青っぽいとか、黒っぽいとか、その点は？」

「黒っぽい色だったような記憶があります」

「シャツはどうですか？」

「そうですね。目立つ色ではなかったような気がします」

「すると、白っぽいシャツとか、鮮やかなブルーのシャツとか……」

「それはないと思います」

「ネクタイはどうですか？」

「たぶんネクタイはしていなかったのではないでしょうか。いや、ひょっとしたらネクタイをしていたのかもしれませんが……どちらともわかりません」

「靴については、どうですか？」

「靴までは見ていません」

「頭髪は?」

「短く刈っていたような気がします」

「長髪とか、髪を七三にわけていたとか、そういうことはありませんか?」

「七三にわけていたかどうかはわかりませんが、短い髪だったような気がします」

「スポーツ刈りでしたか?」

「何とも言えません」

「最後に一、二点、確認しておきます。あなたが目撃したのは、その挙動不審の人物だけでしたか?」

「その人物だけです」

「念のためにうかがうんですが、七十歳くらいの犬を連れたご隠居さんを見ましたか?」

「いいえ。そういう人は見ていません」

「では、いま被告人席に座っている若い女性はどうですか?」

そう言われて、野中洋平は被告人席をふり向いて、

「こういう女性は見ていません」

このとき、被告人席の松浦真由美は、ちょっと視線を伏せ、身を固くした。

内海弁護人はと見ると、どうにでもしろと言わぬばかりに、ふてくされた態度で腕を組んでいる。

風巻やよいは主尋問をつづけた。

「当日、あなたが杉山まゆ子さんのマンションをあとにしたのは、何時ごろだったか、おぼえていますか?」

「午前七時ごろでした」

「そのとき、杉山まゆ子さんは、まだ眠っていたんですか?」

「いいえ。私が洋服に着替えているとき、彼女が起き出してきて、『ごめんね。朝食の用意もしないで……』と私にキスを求めてきました」

「お別れのキスですね?」

「はい……」

「それから、どうしましたか?」

「歩いて京阪電車の宇治駅へ向かいました」

「マイカーには乗らないんですか?」

「宇治から大阪までは、電車のほうが早いんです」

「すると、マイカーは、彼女のマンションの駐車場なんかに置きっぱなしにしていたんですか？」

「いいえ。彼女をたずねるときはマイカーには乗りません。大阪でタクシーを拾って、『グレース・ヒル』の近くで降りるんです。夜間だと道路も渋滞しませんから……しかし、朝、出勤するときは、交通渋滞がひどいので、電車で大阪の会社へ向かいます」

「なるほど。出勤するさい、あなたが京阪電車宇治駅へ歩いて行く途中、宇治橋を通りましたか？」

「はい。宇治橋西詰まできたとき、パトカーや警察のワゴン車なんかが何台も止まり、交通規制が行われていました」

「それを見て、あなたは、例の不審な男のことを思い出し、事件と関係があるのではないかと、ふと考えてみたりしませんでしたか？」

「ええ、まあ……一瞬、あの男のことが頭に浮かびましたが、深くは考えず、宇治駅から京阪電車に乗りました。その日は重役会議が予定されていましたので、そのことに気をとられ、例の挙動不審の男のことにしても、さほど関心はなかったんです」

「それはわかりますが、後日、例の挙動不審の男のことが杉山まゆ子さんとの間で話題になったのではありませんか？」

「話題になりました」

「それは、いつのことですか？」

「四日後に、杉山まゆ子のマンションへ出かけたとき、彼女が今回の事件のことを話しはじめたんです」

「今回の事件とは？」

「九月十二日早朝、宇治橋の下で殺人事件があったと……しかも、松浦真由美という若い女性が容疑者として逮捕されたって……」

「それで？」

「杉山まゆ子が言うには、あんなにも心のやさしい松浦真由美さんが、年上の男の首を切り落とし、殺すなんて、そんな恐ろしい罪を犯すはずはないって……できるものなら何とかしてあげたいと杉山まゆ子から相談をうけました」

「どういう意味でしょうか？　何とかしてあげたいというのは……」

「弁護人をつけるとか、そういうことだと思うんですが、ふと私は、例の挙動不審の男のことを思い出し、そのことを彼女に話しました」

「彼女は、どう言いましたか？」

「それじゃ、その挙動不審の男が犯人に違いないって……事件の起こった時刻にしても、ぴったり一致しているからと……こうも言いました。警察は、その挙動不審の男のことを知らないのに違いない。だから、松浦真由美さんを逮捕したんだと……ですから、私に、その挙動不審の男のことを警察へ知らせてくれって……」

「あなたは承知したんですか？」

「承知できるわけがないんです。彼女との関係は、会社にも知られていないし、私の家内や娘たちも知らないことですから……」

「つまり、あなたが証言すれば、彼女との関係が会社や家族に知れてしまうのを恐れたんですね？」

「情けない話ですが、おっしゃるとおりです」

野中洋平は肩を落とし、悄然とした。

風巻やよいは言った。

「あなたの気持ちはよくわかりますが、いつまでも秘密を守り通せるかどうか。

いずれは発覚するんじゃありませんか？　それを考えれば、このさい……」

「ですから、今回、思い切って出頭したわけです。こうなったら、腹をくるよりほかないと思って……」

「そう決心して、今日、出頭されたんですね？」

「そうです」

「では、話の筋を元へ戻しますが……例の挙動不審の男のことを警察へ通報するようにと杉山まゆ子さんから頼まれたとき、あなたは、ひとまず断った。しかし、杉山まゆ子さんは納得しなかったんでしょう？」

「そうです。彼女を説得するのに苦労しました」

「どう言って説得したんですか？」

「いまの段階では、松浦真由美さんは逮捕されたというだけで、まだ起訴されるかどうかはわからないんだし、その挙動不審の男のことにしても、ほかにも目撃者がいるだろうから、いずれは警察が知るに違いないって……とにかく誤認逮捕だと警察にわかるのは時間の問題で、遅かれ早かれ松浦真由美さんは釈放されると思うから、いま、しばらく様子をみようじゃないかと言って、杉山まゆ子を説得したんです」

「説得を聞き入れたんですか？」

「そのときは、何とか私の意見を聞いてくれました。ところが、その後、松浦真由美さんが起訴され、公判が開かれたりして、だんだん事態が悪い方向へ進んでいったんです」

「それで？」

「まさかと思ったんですが、杉山まゆ子は、毎回、公判を傍聴していたんです。公判が松浦真由美さんに不利な方向へ進行していくのを見て、杉山まゆ子はいてもたってもいられなくなり、再び私に対して、法廷へ出て証言してくれるようにと、しつこくせがんだりして……私も、ほとほと困りました」

「野中さん。そんなにまでして、杉山まゆ子さんが被告人の松浦真由美のためを思い、あなたに証言を迫ったのは、どういう理由によるものですか？」

「杉山まゆ子が言うには、こういうことなんです。松浦真由美さんを知ったのは、何か月か前のことで、宇治市内のスーパーマーケットで買い物をしたあと、帰宅途中に財布を落としたんだそうです。給料をもらったばかりで十万円を超える現金が入っていたそうですが、きっと誰かに拾われてしまったんだろうとあきらめかけていたところ、二十代の可愛い女の子が、わざわざ届けにきてくれたって……」

「それが松浦真由美だったんですね？」

「そうです。それが縁で、松浦真由美さんと仲よくなったと言っていました」

「被告人の松浦真由美は、どういうわけで杉山まゆ子さんの氏名や住所を知ったんでしょうか？」

「財布の中に郵便振替の払いこみ金領収書が入っていたので、氏名と住所がわかったんだそうです」

「要するに十万円を超える現金を拾ったのなら、これ幸いとネコババする人だって少なくないのに、わざわざ返しにくるなんて正直な人だと感心して、それ以来、付き合いがはじまった。こういうことですか？」

「それだけじゃないんです。付き合っているうちに、松浦真由美さんが気の毒な境遇の人だとわかり、彼女と気持ちのうえでも、すっかり理解しあえるようになったと杉山まゆ子は言っていました」

「気の毒な境遇と言うと？」

「松浦真由美さんは、小学生のころに父親が蒸発し、次いで母親も病死して、姉の千香子さんと二人で生きていかなくてはならなくなったんだそうです。親戚筋《しんせき》が見るに見かねて相談し合い、引き取って面倒をみることになったんですが、姉妹が別々の親戚に引き取られてしまって……」

「姉妹一緒というわけにはいかなかったんですね？」

「そのようです。姉の千香子さんは、運のいいことに、比較的裕福な家庭に引き取られたために幸せな環境で成長したんですが、妹の真由美さんが引き取られた家庭は所帯主が商売に失敗して自殺したり、いろいろと不幸が重なったばかりか、頼りにしていた姉の千香子さんも行方不明になり、たった一人取り残され、いまでは、不安な毎日を送っていると聞かされ、杉山まゆ子はすっかり同情してしまったんです。実を言うと、彼女自身も、松浦真由美さんと似たような生い立ちですので、人ごととは思えなかったと……そんなことから、いよいよ親密な間柄になり、杉山まゆ子にしてみれば、自分のほうが年上なんだから、これからは姉妹同様に互いに励まし合って生きていきましょうと誓い合ったんだと聞かされました」

「それで、あなたはどうしたんですか？　その挙動不審の男のことを法廷で証言するか、どうかという問題について……」

「杉山まゆ子と話し合ったすえ、いっそ彼女自身が私の身代わりとして証言すればいではないかと……」

「結果は同じだというわけですか？」

「私も、どうかしていたんです。彼女との関係を会社や家庭に知られたくない一心から、間違った選択をしてしまったんです」

「つまり、それは、杉山まゆ子さんが偽証するってことですね？」

「いまから思えば、私は、とんでもない考え違いをしていたんです。私が目撃したままのことを彼女に伝えれば、それでことがすむと簡単に考えていたのが間違いのもとでした。それが偽証という、たいへんな罪を犯すことにもなるとは、思ってもみなかったんです。何よりも嘘の証言をしていることくらい、反対尋問の段階になれば、たちどころに発覚するなんて、私も彼女も知りませんでした。ほんとに、ご迷惑をかけて申しわけないと反省しております」

野中洋平は、法壇の上の裁判官たちにむかって、深々と頭を下げた。

風巻やよいは、主尋問をつづけた。

「そんなわけで、杉山まゆ子さんが内海弁護人に電話を入れ、その挙動不審の男のことについて証言したいと申し入れたわけですね？」

「そうです。杉山まゆ子の話によりますと、内海さんの事務所へ呼ばれ、ことの経緯を話したところ、証言してくれないかと頼まれたそうです」

「内海弁護人は、杉山まゆ子さん自身が例の挙動不審の男を目撃しておらず、結局のところ、偽証することになると知っていたのでしょうか？」

「いいえ。それはご存じないはずです」

「どうして、わかるんですか？」

「だって杉山まゆ子は、自分が偽証するつもりだなんて、ひと言も内海さんに話していないんですから……」

「杉山まゆ子さんが、あなたに、そう言ったんですか？」

「そうです」

このとき、内海弁護人は、つまらないことを質問するんじゃないよとでも言いたげに険しい顔をして風巻やよいを見ていた。

風巻やよいは、そんな内海弁護人を無視するようなクールな態度で、証人席の野中洋平に言った。

「ところで、杉山まゆ子さんは、まさか被告人に頼まれて偽証したんじゃないでしょうね？」

「いいえ。そういうことは決してありません」

「どうして断言できるんです？」

「だって、松浦真由美さんは、逮捕されて以来、ずっと今日まで身柄を拘束されているんですよ。だから杉山まゆ子が松浦真由美さんに面会するには、それなりの手続きが必要でしょう。拘置所へ出向いて許可を得なければならないんですから……つまり、杉山まゆ子にしてみれば、勾留中の松浦真由美さんには自由に会えないわけで、彼女から偽証を頼まれるチャンスなんか全然なかったんです。手紙だって、拘置所がチェックするというじゃありませんか」

「よくわかりました。念のためにおたずねしたまでです」

そう言って、風巻やよいが被告人の松浦真由美に視線を投げると、彼女は膝の上に置いた自分の手を見つめながら、じっと物思いに沈んでいる様子だ。

何はともあれ、挙動不審の男が本件に何らかのかかわりを持っているらしいのは、ほぼ間違いなさそうである。

松浦真由美にしてみても、その挙動不審の男のことを知っているはずだ。

しかし、彼女は、これまで、ただの一度もそのことを人に話していないのである。もちろん、警察の取り調べ段階でも、それについては一言たりとも、もらしていない。

要するに、彼女にとって、その存在を秘密にしておかなければならない人物――それが例の挙動不審の男なのだ。

風巻やよいは、証人席の野中洋平に言った。

「杉山まゆ子さんは、先日、証言したさい、事件当日の九月十二日は平常どおり会社へ出勤したと供述しているんです。実際は会社を休んだのにね。なぜ、そんなつまらないことで嘘をついたんでしょうか?」

「そのことなら、彼女自身、愚かだったと後悔していました」

「なぜ嘘をついたのか、それについては?」

「彼女は、こう言っていました。あの日、会社へ電話を入れ、流感にやられたので近くの医院へ行って診てもらうと欠勤の理由を告げているんですが、実際には医院へなんか行っていないんです。これだって調べればわかることです。しかし会社の決まりでは、二日以内の病欠は医師の診断書を必要としないんです。だけど証言の場合は、そういうわけにはいかないだろうと彼女は思いこみ、平常どおり出勤したなんて、つい口に出してしまったんです。風邪をひいたので医院へ出かけて診てもらったなどと証言したら、たぶん警察が調べるだろうから、すぐに発覚すると取りこし苦労したわけです。何と言うか、彼女自身、嘘をついているという引け目があるので、つまらないことで嘘が口をついて出たんだと思います。そのために、偽証が発覚するきっかけを作っているんですけど……ほんとに浅はかだったと彼女は後悔していました」

「それでは、あなたご自身が、三回に及ぶ召喚にもかかわらず出頭してこなかったのは、どういうわけですか？」

「申しわけないと思っています」

「不出頭のほんとの理由をおたずねしているんですがね」

「二つあるんです。その一つは、私が真実を証言すれば、杉山まゆ子の偽証が発覚します。それを恐れたからです。私としても、彼女が処罰されるのを、みすみす傍観しているわけにもいきませんので……検事さん。この私に免じて、彼女の偽証の件は不問に付していただくわけにはまいりませんでしょうか。私からもお願いします」

そう言うなり、野中洋平は、風巻やよいに向き直り、ていねいに頭を下げる。

風巻やよいは困惑して、

「野中さん。こんなところで、そういう態度をとられては私が困ります。ただ、杉山まゆ子さんの偽証は、被告人である松浦真由美への想いからであり、それほど悪質とは思われませんので、それなりの考慮はいたしましょう」

「何ぶんにも、よろしくお願いします」

「野中さん。そんなに何度も頭を下げないで……さて話の筋を元へ戻すとして、あなたの言う第二の理由というのが何であるのか、そのことを証言してくださ い」

「それは、言うまでもなく、彼女との関係が世間に知れるのをおそれたからです。しかし、いまは、もう、決心がついています。今夜にでも、妻と娘を前にして真相を打ち明けるつもりでいるんです。その結果がどうなろうとも、甘受するつもりです」

と野中洋平は沈痛な面持ちで、唇を固く結んだ。

3

「検事さん。野中洋平の証言ですけど、あれなら信用できるんじゃありませんかね。傍聴人席で聞いていて、そう思いました」

と言って石橋警部補は、豆カンの寒天をスプーンですくっている。

「同感。細かなことは別として、問題の挙動不審の男が、どうやら事件にかかわっているらしいのは、まず間違いないやろうね」

風巻やよいは、例によって、大好物のチョコあんみつデラックスを食べていた。

「それにしても、問題の男は、いったい何者なんでしょう？　被告人の松浦真由美なら知ってるでしょうけど……」

「彼女が知らないはずはないわね。なぜ、黙っているのか。たぶん、問題の男をかばっているのかもしれへんわ」

「何のためにですか？」

「それも、本人に聞いてみなければ……しかし、前にも言ったとおり、現段階では、内海弁護人が立ち会ってくれるとかしてくれなければ、彼女を取り調べるのは無理やわね」

「検事さん。そのことですけど、何かいい知恵はないんですか？」

「いま、対策を考えているところなんやけど、いい知恵が浮かばなくて……そのうち何とかするから、あまり期待しないで待っていてちょうだい」

「とんでもない。おおいに期待していますよ、検事さん」

と石橋警部補は、白い歯を見せながら、

「それはそうと、杉山まゆ子の偽証の件は、どうされます？」

「さあね。どうしようかと思案しているところなんよ。いずれにしても、彼女を呼んで、事情を聞く必要はあるわね。偽証した理由は、野中洋平の証言どおりなのかどうか、ひとまず、それを確認してから彼女の処分を決めるつもりなんやけど……」

「それじゃ、私が彼女を呼んで事情を聞いてみましょう。調書ができあがったら、検事さんのところへ届けますよ」

「そうしてもらうと助かるわ。ほかにも事件をたくさん抱えてることやし……」

「わかっていますよ。できるかぎり、協力させてもらいます。何しろ、宇治支部の検察官は、風巻検事さん一人なんですから、たいへんですよね」

「そうなんよ。私の分身が、もう一人いたら、どんなに心強いかしれへんのやけど、そうもいかないしね」

と彼女は、淋しげな微笑を浮かべる。

「本庁へ増員を頼まれたら、いかがですか？」

「毎年、増員を要求しているんやけど、何しろ検察庁は人手不足やさかいにね。なかなか認めてもらえないのよ。もう、あきらめてるわ」

「そうですか。残念ですね」

「そんなことより、石橋さん。問題の挙動不審の男のことなんやけど、第一発見者の宮垣正二郎が現場へやってきたときには、もう宇治橋の下から姿を消していたことになるわね。だって、宮垣正二郎は、その男を見ていなかったんやから……」

「そうです。野中洋平だって、その挙動不審の男が橋の下から出てくるのを見ていないんです。もっとも、彼の場合、挙動不審の男を見たのは、ほんの一、二分ですから、確かなことは言えませんけど……」

「もしかすると、その男は、宇治橋をくぐり抜けた反対の方向へ姿を消したのと違うやろうか？」

「検事さんのおっしゃるとおりかもしれませんね。橋の向こう側へ抜けて出たのなら、『グレース・ヒル』五一一号室の窓際に立っていた野中洋平には、ちょうど死角になるわけですから、見えるはずはないんですよ」

「なるほどね」

　と風巻やよいは、抹茶アイスクリームをスプーンですくい上げた。

　石橋警部補は、ちょっと身を乗り出すようにして、

「それはそうと、検事さんに報告しておくようにと、夏川染子警部に言われていることなんですが……」

「どういうこと？」

「ここだけの話なんですけどね、検事さん。実のところ、内海弁護人の普通預金口座を夏川警部が調べあげたところ、思いがけないことがわかってきたんです」

「まあ。ずいぶん思いきったことをしたんやね。それで、何かわかったの？」

「奇妙なことに、被告人の松浦真由美が逮捕された直後から、ずっと毎月二百万円の現金が内海弁護人の口座へ振り込まれているんです」

「それやったら、松浦真由美の弁護料やないの？」

「たぶん、そうじゃないかと夏川警部も言ってるんですけど、まだ本人には確認をとっていないんです」

「それはやめたほうがええわ。内海弁護人にしてみても、ほんとのことを言うはずもないし、下手に突っついたら、やぶへびやしね。ところで、現金の振込元は誰やのん？」

「『長谷川電子工業』という、京都の半導体メーカーなんです。まだ株式は上場していませんが、店頭株として、けっこう人気があるそうですよ。業績が上向いていますので……」

「もしかしたら、その会社の顧問弁護士をしてるのと違う？　内海弁護人は……」

「いや、そう思って調べてみたんですが、違うんです。『長谷川電子工業』には、民事専門の弁護士が三人も顧問に就任しているんです。いずれも大阪の弁護士ばかりでしてね」

「それで？」

「夏川染子警部の指示で、捜査員が顧問弁護士の一人に接触したところ、実に興味ある事実がわかってきたんです。『長谷川電子工業』のオーナー社長の長谷川《はせがわ》万平《まんぺい》から頼まれ、内海弁護人を紹介したって……」

「紹介したのはわかるけど、誰の弁護をするためなんやろう？」

「それが、よくわからないんです。その顧問弁護士が言うには、誰かわからないけど、長谷川社長の知人の弁護を内海弁護人が引き受けたらしいんです。たぶん、その関係の弁護料が振り込まれているんじゃないかと、夏川染子警部は見当をつけているんです」

「それにしても、毎月二百万円とは、どういうことなんやろう？」

「そのことですけど、内海弁護人にしてみれば、破格とも言える高額な弁護料だろうって聞きましたよ。彼は、ごく普通の刑事事件しかやらないんだから、毎月二百万円の弁護料なんて多すぎるんじゃないかと夏川染子警部も言ってました」

「それじゃ、誰のための弁護料なんやろう？」

「そこが問題ですよね、検事さん。とりわけ、被告人の松浦真由美が逮捕された時点から、毎月、振り込まれているというのも、何だか、いわくありげじゃないですか」

「同感。私、ふと思うんやけど、こうやないかしら？　そのオーナー社長が、松浦真由美の弁護をさせるために、内海弁護人の口座に毎月二百万円を振り込んでいるとか……」

「夏川染子警部も、その意見なんです。そこで問題になるのは、そのオーナー社長の長谷川万平と松浦真由美とがどういう関係なのか、そのことなんです」

「そのオーナー社長の年齢は調べた？」

「当年、五十四歳です」

「まだ若いわね。もしかすると、松浦真由美との間に愛人関係があったなんてことは？」

「それも、いま、夏川染子警部のチームが調べているところです。それから、もう一つ、奇妙な情報が耳に入ったんです。これは、私が調べたんですけど……」

「奇妙な情報？」

「驚いたことに、松浦真由美はホラー映画の大ファンで、一度でいいから人の首を切り落としてみたいなんて、しばしば人にもらしていたそうなんです」

「まあ。聞き捨てならない情報やわね。どこで聞き込んだの？」

「彼女に仕事を紹介していた大阪のプロダクションの連中から聞いたんです。はじめのうちは、冗談だと思って聞き流していたらしいですが、そのうち、どうやら本気で人の首を切り落とすことを考えてるんじゃないかという気がして、ゾッとしたそうです。それだけじゃないんですよ、検事さん。松浦真由美は、こうも言ってたそうです。切り落とされた首が、何か言葉をしゃべるらしいって……」

「しゃべる？　何を……」

「それはわからないんですけど、人が首を切り落とされても、その首だけが何かしゃべるんだって……」

「馬鹿馬鹿しい。首を切り落とされたら、人は死ぬんやから、首だけが物を言うはずないもんね」

「誰しも、そう考えるのが普通でしょうけど、松浦真由美は、そうじゃないって……一度、試してみたいなんて、そんなことまで言ってたそうですよ。たぶん、ホラー映画の見すぎじゃないかと思うんですが、本人は、しごく真剣にそう思いこんでいるらしいんですよ」

「つまり、嘘か真《まこと》か、一度、試してみたいというわけ？」

「そうなんです。真剣な顔をして彼女が言うのを、プロダクションの連中は何度も耳にしているんです」

「まさか……」

風巻やよいは慄然とした。

4

週明けに夏川染子警部が、せかせかとした足取りで風巻やよいの執務室へやってきた。

「まあ、夏川さん。何の用事や知らんけど、わざわざたずねてきてくれたん？とにかく楽にしてちょうだい」

と言って風巻やよいは、夏川染子に椅子を勧めながら、

「何か飲みものでもいかが？」

「いいえ。そうもしてられまへんのや。とりあえず、報告しておこうと思いまして……」

夏川染子が腰を下ろすと、体の重みでぎしっとパイプ椅子が鳴った。

「先日、石橋くんから話があったと思うんですけど、内海弁護人の銀行口座のことですねん」

「聞いたわ。『長谷川電子工業』から毎月二百万円が内海弁護人の普通預金口座に振り込まれているとか……」

「そのことですねん。察するところ、松浦真由美の弁護料やないかと思うんですが、裏づけが必要なんで、捜査員を動員して調べさせたところ、おもしろいことがわかってきましてね」

と夏川染子警部は満足げに、にったりと微笑む。

「おもしろいこと？」

「『長谷川電子工業』のオーナー社長は、長谷川万平五十四歳。このことは、もうご存じでっしゃろ？」

「石橋さんから聞いたわ。もしかすると、長谷川万平と松浦真由美とは、愛人関係かもしれへんやなんて、石橋さんと話してたんよ」

「ところが、そうやおまへんのや、検事さん。とは言うても、当たらずとも遠からずというわけでして……」

「それ、どういう意味？」

「愛人関係と言うには、ちょっと抵抗をおぼえまんな。むしろ恋愛関係と言うべきでっしゃろ。何しろ松浦真由美の相手の男は、二十四歳の医学生なんやから……」

「すると、その医学生と松浦真由美が？」

「そうです。その医学生は、オーナー社長の長谷川万平の長男坊主で、長谷川峯《みね》雄《お》と言いまんねん」

「要するに、その長男が松浦真由美の恋人というわけ？」

「そうでんねん。要するにでんな、長谷川のおっさんは、長男の峯雄の恋人の弁護料として、毎月二百万円を内海弁護人の口座へ振り込んでたわけです」

「ちょっとそれは問題やわね。だって会社の銀行口座から内海弁護人の口座へ振り込んでるんやもんね」

「そのとおり。それこそ公私混同ですわ。息子の恋人の弁護料なんか、会社の経費としては認められまへんのやから……」

「何はともあれ、時代の先端を行くハイテク企業が、そないに杜撰《ずさん》な会計処理をしているやなんて、とんでもない話やね。税務署に見つかったら、面倒なことになるわ」

「たぶん、長谷川のおっさんにしてみたら、弁護士の口座へ現金を振り込んでも、顧問料とか相談料とかいう名目で、会社の経費にできるという算段でっしゃろ」

「しかし、そういうのは税務署か国税局の仕事やね。目下のところ、私たちが関与すべきことやないわ。そうでしょう？　夏川さん」

「わかってます。問題はでんな、なぜ、息子の恋人のために高額の弁護料を長谷川のおっさんが工面したのか、このことですわ」

「息子から、彼女のために弁護料を都合してくれと懇願されたもんやから、長谷川万平としても、やむなく会社の経費から落とせるんやったらというので、内海弁護人の口座へ振り込ませたんやないの？」

「いや、それだけでっしゃろか？　ほかにもっと、のっぴきならない事情があったのと違いまっしゃろか？」

「なるほどね。そう言われてみれば、確かに……息子の恋人やというだけで、毎月二百万円もの現金を会社の口座から引き落とすなんて、不自然な気もするわね。例えば、その長男の医学生が今回の事件に関与していたなんてことになると、父親にとっては深刻な問題よね。もしかすると……」

「それそれ。もしかしたら、長谷川峯雄は、今回の事件が起こったとき、現場にいたんやないかと考えてみたり……」

「ちょっと待ってよ、夏川さん。いま、ふと思いついたんやけど、野中洋平が目撃したという挙動不審の男が、峯雄とかいう長男やったやなんて……もし、そうなら辻褄《つじつま》が合うわ。被告人の松浦真由美が、その挙動不審の男のことを一言もしゃべらなかった理由も、これで納得できるわけやからね」

「検事さん。すると、問題の挙動不審の男が長男の峯雄で、松浦真由美は、それを知っていながら隠している。何のためか？　たぶん、恋人をかばうためでっしゃろな。一方、その長男にしてみても、彼女のために何かしてやらないことには、自分の良心が咎《とが》めると、まあ、そんなわけで、親父にねだって弁護料を都合させたとか？」

「そんなところかもしれないわね。たぶん、内海弁護人は、そこらあたりの事情も知ってるんやないかしら？」

「そら知ってまっせ、検事さん。そういうのも、やっぱり、弁護人にしてみたら、依頼人の秘密というもんでっしゃろかね？」

「さあ、どうだか。いずれにしろ、内海弁護人のほうから、そんなことを外部にもらすなんてことは、しないでしょうね」

「検事さん。もう一つ、納得できんことがありますんや。長男の峯雄ですけど、このところ、居所不明でしてね。大学には、休学届を出してることもわかってきたんです。その時期がでっせ、今回の事件が起こった時期と、ほぼ一致しますんや。どう思います？　検事さん」

「まあ。そうなると、いよいよ疑わしいわね。まさか逃亡したなんてことは、ないんやろうね？」

「それも、よくわかりまへんのや。とにかくでんな、息子のことは一切、詮索《せんさく》しないでくれと、長谷川のおっさんが言い張りよりましてね。居所を明らかにしてくれまへんのや。そうなると、われわれのほうで調べるよりほかないわけです」

「長谷川邸の周辺を聞き込みにまわってみたら？」

「それもやってます。長谷川万平は、南禅寺《なんぜんじ》近辺の豪邸に暮らしてまして、長男の峯雄も、そこから大学へ通ってましたんや。休学する前まではね。もしかすると、その豪邸の一室に、じっと身を潜めているんやないかと思ったりして、通いのお手伝いさんにこっそり聞いてみたんですが、一切ノーコメントでしてね。どうやら口止めされてるらしいんです」

「何はともあれ、峯雄の居所を突きとめ、事情聴取をしてみるのが先決やね。ところで、峯雄とかいう医学生が松浦真由美の恋人やなんて、どうやって突きとめたの？」

「どういうことは、ありまへんのや。念のためにと思うて、長谷川のおっさんの家族関係を調べたところ、長男の峯雄二十四歳には、どうやら親しい間柄のガールフレンドがいるとわかり、それに焦点をあてて調べはじめたんです。学生仲間やら先輩なんかを聞き込みにまわらせたりして……その結果、恋人がいるとわかりましてね」

「それで？」

「もしかすると、その恋人というのは、松浦真由美やないかと察しをつけ、峯雄の写真を捜査員に持たせ、あらためて聞き込みをやらせたんです。そうしますと、松浦真由美のマンションの住人の一人が、峯雄の顔をおぼえていたんです。二度ばかり、松浦真由美の部屋から出るところを見たとかで……しめたとばかりに聞き込みをつづけているうちに、峯雄のマイカーがしばしば『ハイツむらやま』の駐車場に止まっていたということもわかってきたんです。峯雄のマイカーは真っ赤なアウディなんで、人目につくんですわ。そんなわけで、松浦真由美と峯雄との関係がわかってきたというわけです」

「ずいぶん苦労して突きとめたんやね」

「毎度のことです。とにかく長男の峯雄が、事件発生当時から行くえがわからんちゅうことは、ただごとやおまへんでえ、検事さん。深刻な事情がなければ、雲隠れする必要もないんやから……」

「そのとおりやわね」

と彼女が答えたとき、庁内電話が鳴った。

受話器をあげると、受付の警備員の声がした。

「風巻検事さん。来客ですけど、いかがしましょう？　弁護士の内海哲史さんとおっしゃっていますが……」

「内海弁護人が？　用件は？」

「用件は、お会いしたうえで話すと……」

風巻やよいは、夏川染子と顔を見合わせながら、どうしたものかと思案したが、やがて、こう言った。

「いいわ。きてもらってちょうだい」

「承知しました」

電話が切れた。

受話器を置くと、風巻やよいは、

「夏川さん。内海弁護人がきたというから、部屋へ通すことにしたわ」

「それやったら、私は失礼します」

「いいえ。ここにいてちょうだい。何のために私に会いにきたのか、あなたにも知ってもらったほうがいいと思うから……」

「ええんですか？　検事さん。私がここにいても……」

「いいも悪いもないわよ。内海弁護人は、内密の話があるとは言ってないんだから……」

そうこうするうちに、ドアをノックする音がした。

「どうぞ」

風巻やよいが声をかけると、上背のある内海弁護人が姿を見せた。

いつもの彼と違って、どことなしに浮かぬ顔つきだ。

どうしたの？　元気ないじゃない——親しい間柄なら、そんなふうに声をかけてみたいところだったが、残念ながら、そういう間柄ではなかった。

内海弁護人は、風巻やよいのデスクのそばに夏川染子警部が座っているのを見て、

「おや、夏川さん。あなたも、ここへきていたとはね」

夏川染子は苦笑しながら、ちょっと腰を浮かせるようにして、

「お邪魔やったら、帰りまっせ」

「いいえ。どの途《みち》、あなたにもわかることですから……」

と言って内海弁護人は、風巻やよいに向き直ると、

「ここへうかがったのは、ほかでもないんです。先程、裁判所へ行って弁護人辞任届を出してきたところなんですよ。そのことを風巻検事さんにも知らせておこうと思って……」

「まあ。いまになって辞任するやなんて……被告人の松浦真由美が困るんやないの？　公判が大詰めを迎えていることでもあるし……」

「最後までやり通したいのは、やまやまですが、私だって霞《かすみ》を食って生きている

わけじゃないんです」

「なるほど。弁護料の支払いがストップしたってわけ？」

内海弁護人は、その問いかけには答えずに、苦々しげに笑って、

「たぶん、私の後釜《あとがま》は、国選弁護人が引き受けることになるでしょう」

それじゃ、これで……と内海弁護人は、ちょっと会釈してから背を向けた。

立ち去る彼の背中にむかって、夏川染子警部が声をかけた。

「内海さん。残念ですね。毎月二百万円と言えば馬鹿にならん金額やおまへんか」

よせばいいのに、夏川染子警部は、そんな台詞を吐いて内海弁護人をからかう。

「えっ？」

内海弁護人は立ち止まり、一瞬、ふり向くと、鋭い目つきで夏川染子を睨《にら》みつけた。

自分の預金口座を警察が調べていたのを知って、ちょっと頭にきたらしい。

しかし、そのこと自体、違法な捜査ではないし、非難されるべき筋合いでもない。

内海弁護人自身も、そうと悟ったのか、何も言わずに部屋を出て行った。

夏川染子警部は、風巻やよいを見つめながら、してやったりとばかりに、にん

まりと顔をほころばせる。

5

内海弁護人の言ったとおり、彼の後任として国選弁護人が選任された。被告人の松浦真由美には、新たに私選弁護人を依頼するだけの資力がないと裁判所は判断し、国選弁護人を選任したわけだ。

その国選弁護人は筒井睦郎《つついむつお》。三十五歳の新進気鋭の弁護士だった。

挨拶《あいさつ》にやってきた筒井睦郎は、一見したところ誠実な人柄を思わせる好青年だった。

「はじめまして……筒井睦郎です。何ぶんにもよろしく……」

風巻やよいは、デスクの引き出しから自分の名刺を一枚、取り出して筒井睦郎に手渡した。

名刺交換のあと、筒井弁護人は、

「ところで検事さん。被告人の松浦真由美ですが、先程、拘置所へ出かけ面会してきたんです。ところが、妙なことに、ほとんど何も話してくれないんですよ。

弁護人を相手に黙秘権を行使してもらっては困るんですがね。公判記録も読みましたが、こっちのほうも疑問点が多くて……いったい、どうなっているのか、さっぱり事件の見通しがたたないんですよ」

「わかりますわ。実を言いますと、私のほうも困っていましてね。事件そのものが複雑怪奇で、何よりも私自身、捜査には一切関与していなかったものですから、なおのことなんです」

「やはりね。事件の真相を知っているのは、松浦真由美ひとりなんですから、せめて弁護人には真実を打ちあけてくれないと弁護の方針が立たないんですよ。この調子だと、松浦真由美は、被告人質問が行われても、事件に関係したことは、ほとんど何も供述してくれないんじゃないかと心配になってきて……」

「わかりますわ、筒井先生」

と言ったとき、ふと風巻やよいの脳裏に、ある思いつきがひらめいた。

「筒井先生。これは私からの提案なんですが、お気に召さなければ、そうおっしゃってください」

「何でしょうか？」

筒井睦郎は興味深げに風巻やよいを見やった。

くりくりっとした丸く清らかな瞳《ひとみ》が吸いつくように彼女にすえられている。

彼女は言った。

「実のところ、私としては、このさい松浦真由美を拘置所から呼び寄せ、真実を話してくれるように説得してみようと思っているところなんです」

「ここまでくれば、腹を割って、ありのままを話してくれてもいいじゃないかと松浦真由美を説得する……こういうわけですか？」

「お察しのとおりです。もちろん、公判中のことですから、筒井先生に立ち会っていただかなければなりませんわね。それをお願いしたいと思って……」

「うーん」

と筒井睦郎は唸《うな》った。

突然の提案だったから、彼としても即答できないのだろう。

しばらく考えていた筒井睦郎は、やがて顔をあげると、

「わかりました。私自身にしてみても、松浦真由美にすべてを打ち明けてもらわなければ、今後の弁護方針が立たないんですから……その意味でも協力を惜しみませんが、一つ条件があります」

「条件と申しますと？」

「松浦真由美をここへ呼び寄せ、いろいろ質問するのは一向にかまいませんが、調書は一切とらない。要するにオフレコードにするという条件でなら喜んで立ち会います。松浦真由美には、私からもたずねたいことが山ほどあるわけでして、その条件さえ承知していただければ、何ら異議はありません」

「まあ、よかった。これで、ほっとしましたわ」

「私もですよ」

これで決まりだとでも言うように筒井睦郎は、にっこりと微笑む。

その翌日、風巻やよいの執務室へ松浦真由美を呼び寄せ、筒井弁護人立会いのうえで、事情聴取が行われた。

当初、彼女はなかなか口を割らなかったが、そばから筒井弁護人が口を添えたり、風巻やよいのほうも、誠意をもって説得したところ、やっと心を開いてくれたのだった。

このときの事情聴取は、検察弁護双方にとって、きわめて有益で、公判を促進するためにも大いに役立った。

6

こうして、被告人質問の段階をむかえた。

その朝、風巻やよいが執務室のデスクに座り、公判記録のページを繰りながら、午後に予定されている被告人質問の要点をメモにとっていると、石橋警部補から電話が入った。

「検事さん。内海弁護士のことですが、なぜ松浦真由美の弁護人を辞めたのか、わかりましたよ」

「どうして辞めたん？　毎月二百万円の弁護料を棒に振るやなんて、よっぽどのことがあったからでしょうけど……」

「その二百万円がもらえなくなったからですよ。ちゃっかりしてんだから……被告人の人権がどうの、こうのと偉そうなことを言っておきながら、金がもらえないとなると、手のひらを返したように背を向けるんですからね。聞くところによると、弁護料の支払いがない場合、弁護人を辞任してもよいことになっているそうですが、だからと言って……」

「石橋さん。なぜ弁護料の支払いが急にストップしたの？」

「そのことですが、聞き込みの結果、こういう事実がわかってきましてね」

と石橋警部補は、ひと息入れて、

「『長谷川電子工業』の顧問をしている税理士がストップをかけたからです。というのは、内海弁護士の銀行口座に毎月振り込まれていた二百万円は、ことの性質上、会社の経費とは認められず、違法な会計処理だって……こんなことをやっていると、税務署から申告もれを指摘され、過少申告加算税とか、悪くすると懲罰的な重加算税を課せられると税理士に厳しく注意され、あわてて内海弁護士に、そのむね通知したそうです」

「それで辞任したのやね。当然のことよ。松浦真由美の刑事事件は、『長谷川電子工業』とは何の関係もないのやもんね」

「しかし、そうなると、松浦真由美の立場が悪くなりますね。国選弁護人では、ちょっとこの事件はきついんじゃないですか？」

「とんでもない。筒井弁護人は、なかなか有能で良心的やから、松浦真由美にとってても幸せなことやと思うわ。結果的にはね。彼女にもわかっているはずよ。あの人が弁護人になったおかげで、自分が得をしたってことがね。私たちにしてみても、大助かりなんよ。停滞していた公判が、これで一気に促進されるんやから……」

「すると、今日の午後に行われる被告人質問で、松浦真由美は、すべての真実を話す気持ちになったんですか？」

「だと思うけど……先日、筒井弁護人と私とで松浦真由美を説得したところ、やっと彼女も納得してくれたんよ。ここまできていながら、頑固に口を閉じているのは、自分を不利な立場に追いこむだけで愚かなことだって、彼女にもわかったんよ」

「なるほど。それにしても、筒井とかいう国選弁護人は、よくも協力してくれましたね？　真実を話すように検事さんと二人で被告人を説得するなんて……弁護士というのは、何がなんでも検察側と対立しないことには自分の沽券《こけん》にかかわるとでも思いこんでいる人たちばかりのようにみえますが……」

「いちがいには言えないわ。弁護士にだって、それぞれ自分の信念というものがあるでしょうから……。何よりも裁判所や検察側と正面切って対立するのが、いつも被告人の利益になるとは限らないわ。対立するのが被告人のためになる場合もあるし、そうでない場合もあるんよ。筒井弁護人は、そこらあたりのことをよくわきまえていると思うの。一方、私自身としても決して松浦真由美に不利になることばかりを考えて公判にのぞむわけでもないんやもんね」

「よくわかりました。午後の被告人質問を楽しみにしています。夏川警部と二人で傍聴することに決めてるんですよ」

「それがええわ。ついでに言うとくけど、公判の最終段階で私がどういう論告をするか、ぜひ傍聴してほしいわ」

「おや、ヘンに気をもたせるじゃないですか。まさか私たちをびっくり仰天させるような論告を用意してるんじゃないでしょうね？」

「そのときになったらわかるわよ。それじゃ、これで……」

と言って、風巻やよいは受話器を置いた。

第五章　宇治十帖の謎

1

西沢裁判長は、被告人席に座っている松浦真由美を見やって、こう言った。

「では被告人質問を行います。被告人は陳述席へきなさい」

「はい」

と松浦真由美は答え、陳述席へ歩み寄った。

今日は、いつもと違って、松浦真由美のやさしみのこもった丸顔に、ほっとしたようなやすらぎの色が浮かんでいた。

これまでは誰かを庇《かば》いだてして頑《かたく》なに口を閉ざしてきた彼女ではあったが、もはや、そうした気負いの姿勢はみられず、憑き物が落ちたようにリラックスした態度で陳述席に立っている。

彼女が誰を庇って供述を渋っていたのか、もちろん、風巻やよいにもわかっていた。

西沢裁判長は言った。

「それでは、弁護人からどうぞ」

「承知しました」

と言って筒井弁護人は立ち上がり、被告人席の松浦真由美を見つめながら、

「まず、私からおたずねします。九月十二日未明のことですが、あなたが入居している『ハイツむらやま』三〇一号室へ奥村卓夫がたずねてきましたね？」

「はい」

「その時刻はおぼえていますか？」

「午前三時ごろだったと思います」

「そのとき、あなたは眠っていたんでしょう？」

「はい。いつまでたっても電話が鳴りやまないので、仕方なく起き出したんです。受話器をあげたら、奥村さんの声がして、これからそちらへ行くって……私、断ったんですけど……そりゃ、もう、しつこくて……もしドアを開けてくれないのなら、大声でわめいてやるって……」

「それで、やむなくドアを開けてやったんですね？」

「はい。話があると言ったのは、姉のことでした。行くえを知らないかって……私、ほんとに知らなかったんです。それなのに信用してくれず、涙を流して哀願したり、しまいには怒り出したりで、始末に負えなくなりました。こういうことは、その日がはじめてではありませんので、私にしてみれば、奥村さんは、性格的におかしいんじゃないかと思ったり……特にあの日は異常でしたから、怖くなってきて、『帰ってちょうだい！　警察を呼ぶわよ！』と叫び、電話のそばへ駆け寄ろうとすると、いきなり腕をねじ上げられ、『殺すぞ！』と脅されたんです」

「そのとき、出刃包丁を喉元に突きつけられたんですね？」

「そうです。私のマンションのキッチンにあった出刃包丁です。たぶん、喉が乾いたと言って奥村さんがキッチンへ行ったとき、その出刃包丁を持ち出したんだと思うんですが、私は気づきませんでした」

「相出刃ですね？　あなたが『ダイレクト・セールス』のパンフレットのモデルになったとき、記念にとプレゼントされた商品の一つだとか……」

「はい。思ったより便利だったので、ずっと使っていました」

「そもそも、どういう目的で、そんな時刻に奥村卓夫があなたのマンションをたずねてきたのか、あとになってわかってきたわけでしょう？」

「そうなんです。あの人、私を殺しにきたんです」

「なぜ、あなたを殺そうとしたのか、それはあとで検察官から質問があると思うんですが……いずれにしろ、奥村卓夫はあなたを殺害する機会を窺《うかが》っていたんですね？」

「そうです。だから私に出刃包丁を突きつけ、マンションから連れ出して彼のマイカーに乗せたんです」

「その時刻は？」

「時計を見たわけではありませんけど、たぶん、午前五時ごろではなかったかと思います」

「あなたは車に乗せられ、出刃包丁で脅されながら手足をビニールロープで縛られ、目隠しをされたり猿轡を嚙まされたりして、後部座席に転がされていた。だから車がどこを走っていたかもよくわからなかった。こういうわけですね？」

「はい。そうこうするうちに車が止まり、ロープを解かれ、目隠しをはずされて車から降ろされたんです」

「猿轡は？」

「宇治橋の下へ連れこまれてから、はずしてくれました。たぶん、タオルのようなものだったと思いますが、よく見ていませんでした」

「宇治橋の下へ連れこまれてから、どういうことがありましたか？」

「はじめのうち、奥村さんは、姉の居所を言えと出刃包丁を突きつけて脅迫したかと思うと、次には涙を浮かべながら哀願したり……ほんとに奥村さんは気がヘンになったんだと、私、もう恐ろしくて震えていました。何をされるかわからないと思ったからです」

「何をされるかわからないとは？」

「殺されるんじゃないかと……でも、私のことを真由美と呼んだのは、このときがはじめてでしたので、もしかしたら……」

「レイプされるかもしれないという恐怖感もあった？」

「レイプして殺されるかもしれないと……恐ろしくて……」

「あなたは、警察で取り調べをうけたとき、レイプされるかもしれないなんて供述していませんね？」

「していません。ちょっとまずいと思ったから……」

「なぜ、まずいと？」

「逮捕されたあと、内海先生が面会にきてくれましたが、そのとき、レイプのことを言っても言わなくても、結果的には同じだから、余計なことは口にしないほうがいいって……」

「その意味は、長谷川峯雄さんのことを念頭においていたからですね？　あなたが奥村卓夫にレイプされてしまったんじゃないかと長谷川峯雄さんに勘繰られたらまずいから……あとあとのこともあるし……余計なことは口にしないほうがいいと内海弁護人が言ったのは、そこらあたりのことですね？」

「それもありましたし、ほかにも……」

「それじゃ、ひとまず、そのことは後まわしにして……そのさい、あなたは奥村卓夫の逞しい腕でがっちり腰を抱えこまれ、身動きもできなかったんでしょう？」

「それだけじゃありません。奥村さんは、片方の手で出刃包丁を握り、いまにも私の喉に突き立てようとしていたんです。そのときの奥村さんの顔といったら、ぎらぎら脂ぎって鬼のように恐ろしくて、とうてい人間の顔とは思えませんでした。ぜいぜいと喘ぐような息づかいが、いまも私の耳の底にこびりついているような気がして、いま思い出すだけでも恐ろしくて体が震えてくるんです」

「奥村卓夫は、ほんとにあなたをレイプして殺すつもりだったんでしょうか？」

「それは確かです。奥村さんが、こんなことを言ったんですから……」

と松浦真由美は、ふと、ここで言葉を詰まらせた。

筒井弁護人は言った。

「どうしました？　ほんとのことを話すと約束したじゃありませんか。それとも気が変わったとでも？」

「いいえ。あまりにも恐ろしいことだったので、つい気おくれして……奥村さんは、こう言ったんです。『真由美は姉さんとそっくりだ。おれがこうやって真由美を抱きしめていると、姉さんを抱いているような気がするんだよ。おれはね、好きで好きでたまらない女をほかの男のものにしたくないんだ。絶対にな。だから殺して首を切り落とす。そうすりゃ永久におれのものになるんだ……なぜ首を切るかわかるか？　美しい顔をしていながら、淫《みだ》らな下半身で男を惑わし、食い物にするのが女ってやつさ。要するに、女の下半身には悪魔が棲《す》んでるんだ。それにくらべると、首から上はまったくの聖女ってわけだ。女なんてのは、聖女と悪魔が一つの体に同居していやがんだよ。こんなことが許せると思うかい？』なんて……」

「だから、好きな女は、結局、首と胴を切り離すんだと、そう言ったんですね？

奥村卓夫は……」

「そうなんです。私、もう生きた心地がしませんでした。そのとき、私、ピンときたんです。きっと姉さんも、首を切り落とされたんだって……そう思うと、奥村さんが憎くて……『姉さんを殺したのは、あんただったの？　ほんとのことを言いなさいよ！』……私、思わず叫びました。もう、自分がどうなってもいいと思って……」

「自分はどうなってもいいから、奥村卓夫をどうにかすると……そのように決意したんですか？」

「そうしたいのはやまやまでしたが、がっちりした体格の奥村さんにはかないません。それくらいのことは、私にはわかっていたんです」

「それで？」

「奥村さんは、こうも言いました。私の姉さんだけではなく、その前にも愛していた女が二人いたが、やはり首を切って処刑したと……私にも、そうしてやると言い出して……人が近づいてくる気配がしたのは、そのときのことです」

「ちょっと待ってくださいね」

と言って、筒井弁護人は西沢裁判長をふり向いて、

「裁判長。実を言いますと、このあとのことは、過去の三つの事件に関係してきますので、ひとまず、ここで弁護人の質問を打ち切り、検察官に交代していただくつもりですが、いかがですか？　そのほうが被告人のためでもありますから……」

「よろしいですとも。検察官に異議がなければね」

と西沢裁判長は風巻やよいを見やった。

「もちろん、異議はありません」

「では検察官、どうぞ」

と西沢裁判長は、うなずく。

2

風巻やよいは、陳述席の松浦真由美に向き直ると、

「それでは、過去の三件の事件について、奥村卓夫が、どういうことを口走ったのか、それについてうかがいます」

そう前置きして、彼女は質問をつづけた。

「その三件というのは、いずれも女性の首を切り落とし、遺体をどこかに埋めたという事件ですね？」

「そうです。たぶん、私を怖がらせるためだったと思うんですけど……どうやって首を切り落とし、胴体と一緒にどこへ埋めたのかなんて、そんなことまで得意そうにしゃべったりして……姉や義兄たちも、そのようにして殺したんだと……」

「まあ。それじゃ、殺してから死体をどうしたのか、それについては？」

「『宿木』の古蹟の近くに姉の首と胴を埋めたと言ってました。義兄の死体も、その近くの土の下で眠っていると……私、悲しくなってきました。姉や義兄がかわいそうで……そればかりじゃありません。私も同じ運命になるのかと思うと、もう、生きた心地がしませんでした。奥村さんは、そんな私を見て、にやっと不気味な笑いを浮かべているんです。私、ほんとに奥村さんは気が狂っているんだと思いました。なぜ、もっと早くに気がつかなかったのか、それが悔しくて……だって、これまで、ずっと奥村さんは、姉や義兄の居所を知らないようなふりをして私を騙し、居所を言えなんて脅迫したり、涙を浮かべながら哀願したり……実のところは、姉や義兄を殺してしまったくせに……今度の事件にしても、出刃包丁なんかで私を脅し、行方不明の姉たちの居所を吐けなんて……それだって私を騙して宇治橋の下へ連れ出すための口実だったんです」

松浦真由美は、悔しさと恐ろしさに声を震わせながら証言した。

風巻やよいは、彼女を励まそうと、やさしげな微笑を浮かべながら、

「辛いでしょうけど、真実を知るためには、勇気を奮って証言していただかなくてはなりません。わかってくれますね？」

「はい。わかっているつもりです」

俯いている彼女の瞳が涙に濡れていた。

「松浦さん。あなたが聞いた三件のうち一件の事件は、こういうんじゃありませんか？　警察の記録によると、被害者は、京都室町《むろまち》の繊維商社のオーナー社長の妻でしたが、三年も前に殺害されていたんです。その殺し方が残酷で、固い石のようなもので頭部を殴り失神させたあと、鋭利な刃物で首を切り落とした。そして、首と胴体が『総角』の古蹟の近くに埋められていたことも明らかになりました。とにかく三年も前の事件であり、すでに迷宮入りになっていたんです。こういう話を奥村卓夫はあなたにしませんでしたか？」

「しました。『総角』の古蹟の近くに首と胴体を埋めたと、奥村さんが言ってい

たのはおぼえています。その奥さんのご主人というのは、女狂いでバクチ好きで借金を残して自殺したとか……」

「そのとおり。警察の記録とも一致します。奥村卓夫は、千代子さんという、その奥さんと深い仲だったんですが、その点は？」

「それは聞きました。ご主人には愛人が三人もいて、奥さんのことをかえりみようともせず、あまりにかわいそうなので、おれが愛してやったんだって……いい女だったが、惜しいことをした。でも、仕方なかったんだと奥村さんは言ってました」

「仕方ないとは、どういう意味か、あなたにわかりますか？」

「奥村さんは女性を好きになると、永遠に自分のものにしたくなり、そのために殺すんです。さっきも言ったと思いますが、ほんとの女性の美しさは首から上だけで、そこから下は醜悪だと……あのとき奥村さんは、私の目をのぞき込むようにして、こう言ったのをおぼえています。『おまえの姉さんも、そのくちだ。だから殺ったんだ』なんて……私、そんなことを平気で言う奥村さんが憎くて、殺してやりたいと思ったくらいです。ですけど出刃包丁を突きつけられているのでは、どうにもなりません。それがまた悔しくて……」

「あなたの気持ちは、よくわかりますわ、松浦さん。だけど、あとしばらくの辛抱ですから、我慢して質問に答えてくださいね。もう一件、五年前に同じような事件があったんですが、これも迷宮入りになっています。首と胴とが切り離された死体が、『早蕨』の古蹟のすぐ近くで発見されたんです。被害者の頭部を強打するのに用いられたブロックのコンクリート片が、事件発生当時、現場から見つかっているんですけど、犯人は検挙されず、迷宮入りになったままです。これについて、何か思い出すことがありますか？」

「そのことも奥村さんは言ってました。殺された女性は、映画俳優の南光雄さんの奥さんで、やはり元女優さんだったそうです。その人と愛人関係になったけど、最後には、処刑するよりほかなくなったと……」

「処刑という言葉を使ったんですね？」

「処刑と聞いて、私、恐ろしくて……だからおぼえているんです」

「松浦さん。さぞかし辛いことでしょうが、お姉さんの遺体は首と胴が切り離されていたのに、そこから少し離れたところから発見された男性の死体は、そんなふうにはなっていなかったんです。これは小嶋乙彦さんの死体と思われますが、どうしてなんでしょうね？」

「そのことだったら、こんなふうなことを奥村さんは言ってました。姉と義兄を同じ日に埋めたのではなく、義兄のほうは、その翌日の夜に埋めたと……」

「どこで殺害したか、その点は？」

「姉のほうは、ドライブに誘って現場付近に車を止め、姉が気を許している隙《すき》をみて、スパナで頭を強打して失神させたあと、現場付近の雑木林のなかで、いつものとおり首と胴をサバイバルナイフで切り離したって……深夜のことだから、付近の道路を通る人も車も見あたらず、完全犯罪だなんて言って、笑っているんです」

「小嶋乙彦さんを、どのようにして殺害したのか、それについては？」

「義兄を殺したのは翌日の夜だと言っていました。姉の行くえを知らないかと、義兄が奥村さんのところへ電話をかけてきたんだそうです。そこで奥村さんは、姉のことを勘づかれるとまずいと思って、『奥さんの居所なら私に見当がつきますから、案内します。ある宗教団体の宿泊所にいるはずだから……』と……それを聞いて、義兄は不安になったようだと奥村さんは言ってました。姉が新興宗教にのめり込んでしまっているんじゃないかと思ったりして……以前から姉には、その傾向がありましたので……」

「要するに、騙したんですね？　小嶋乙彦さんを……」

「そうです。奥村さんは、わざわざ車で義兄が投宿していたホテルへ迎えに行ってるんです。ちょうど、義兄が大阪のナイトクラブに出演している時期で、ずっとホテル住まいをしていましたから……」

「そのようにして、小嶋乙彦さんを現場付近へ連れ出し、殺害したんですか？」

「はい。姉の遺体が埋められている雑木林の近くで車を止め、『この奥です』なんて嘘をついて油断させ、案内するように見せかけて、いきなりビニールロープで絞殺したって……実際、そこから少し山の上には、有名な宗教団体の本部があるんです。そのこともあって、簡単に義兄が騙されたんだと思うんです」

「念のために聞くんですが、小嶋乙彦さんの死体は首と胴とが切断されていませんでしたが、これはなぜか、わかりますか？」

「そのことなら、奥村さんは、せせら笑いながら、おれにはゲイの趣味はなく、お前の義兄を愛していたわけでもないからって……」

　松浦真由美は、悲しげな顔をした。

「宿木」の古蹟付近で発見された男性の半白骨死体が小嶋乙彦のものであることは、法医学的鑑定の結果からも明白になっていた。

小嶋乙彦の歯科カルテには行き当たらなかったが、ほかの証拠から身元が確認されたのである。

確認の方法は、スーパーインポーズと呼ばれるもので、発見された頭蓋骨と小嶋乙彦の生前の顔写真とを資料にして、頭蓋骨のポジ原板と顔写真のネガ原板を重ね合わせ、特徴点を比較検討して同一性を確定する法医学的鑑定手段である。

その方法と、小嶋乙彦の身長や血液型の同一性も勘案して、身元が割り出されたのだ。

その鑑定結果と、いまの松浦真由美の供述とを総合すれば、これまで身元がわからなかった半白骨の遺体が小嶋乙彦のものであるのは、間違いのないところである。

風巻やよいは、被告人質問をつづけた。

「ところで、なぜ奥村卓夫は、宇治十帖の古蹟ばかりを犯行現場に選んだのか、それについて、何か知っていますか？」

「たぶん、こういうことだと思うんです。奥村さんは、源氏物語を愛読しているといっていましたし……それから会社や自宅が宇治市周辺にあったりして、仕事上も宇治へくることが多いので、ずっと以前から暇をみては、宇治十帖の古蹟を見てまわったりしていたそうです。このことは、私、姉からも聞いていました。私が宇治橋の下へ連れこまれたことだって、あそこが『夢浮橋』の古蹟に近いからです。私、現場で出刃包丁を喉元へ突きつけられたとき、ふと、そのことを思い出し、しまったと後悔しました。もっと早くに気づけばよかったんです」

「つまり奥村卓夫は、宇治十帖の古蹟付近に土地鑑があったからだと……しかも、宇治十帖の古蹟のなかでも、人の目につかない淋しい場所ばかりを犯行現場に選んでいることからも、それは納得できます。さて、先程あなたは、長谷川峯雄さんのことに言及しましたが、彼とはどういう間柄なのか、まず、それについて証言してください」

「はい。峯雄さんとは、大阪ミナミのディスコで知り合ったんです。事件の起こる半年も前のことです。たまたま峯雄さんが、友達と一緒にディスコへきていたんです。私も女友達に誘われて……」

「それで、深い仲に？」

「峯雄さんとそういう関係になったのは、事件の起こるひと月くらい前のことです。峯雄さんを私のマンションへ誘ったのは、もちろん、私です。心から彼を愛していたからです」

「長谷川峯雄さんとの間に、結婚の約束なんかは？」

「それはありません。私たちはまだ若いんだし、そんな約束ができっこないことくらい、私にだってわかっていました。それに峯雄さんだって……」

「長谷川峯雄さんは、医学部の学生ですよね。つまり将来は、お医者さまになるんでしょうから、もしあなたが彼と結婚すれば、お医者さまの奥さまということに……あなたは、それを夢みていたんじゃありませんか？」

「それはあります。でも、私が高望みしたところで、どうなるものでもありませんん」

松浦真由美は目を伏せ、考えこむような顔をした。

風巻やよいは言った。

「では、長谷川峯雄さんが、どういうわけで今回の事件に関与することになったのか、そのことをうかがうことにしますが、ここで、ひとまず筒井弁護人と交替し、弁護人から質問していただきます」

実のところ、ここらあたりのことは、あらかじめ筒井弁護人と打ち合わせができていたのである。

本来、被告人質問は弁護人に優先権があり、風巻やよいとしても、そのへんの事情を考慮し、筒井弁護人の立場を尊重して、そういう取り決めをしたのだった。

3

筒井弁護人は席を立つと、陳述席の松浦真由美を見つめながら、

「では、私からおたずねします。まず長谷川峯雄さんが橋の下からあらわれる直前の事情について、もう一度、証言してくれませんか？　つまり、あなたが、いまにも奥村卓夫に出刃包丁で喉を刺されようとする寸前に長谷川峯雄さんが、突然、あらわれたわけでしょう。そのときのことについて、証言してください」

「はい……」

と言って、松浦真由美は考え深げな顔をした。どう答えたらいいのか、思案している様子だ。

カールした長い睫毛《まつげ》が愛らしい。

やがて、彼女は顔をあげると、優美な唇を開いた。

「あのとき奥村さんは、私の喉元に出刃包丁を突きつけながら、こう言ったんです。『真由美を見ていると、姉さんを思い出すよ。あの女も、お前みたいにセク

シャルで魅力的だったからな。おれは、姉さんとのことを思い浮かべながら、これからお前をレイプして首を切る。かわいそうだが、不運と思ってあきらめろ』……そう言ったかと思うと、奥村さんは私を力いっぱい抱きしめ、唇を奪おうとするんです。もはや、私は抵抗する気力さえも失っていました。後ろのほうで物音がしたのは、そのときでした。誰かが川原の石を踏みそこなった物音でした。奥村さんは、ぎょっとしたようです。そのはずみで、奥村さんの腕の力が急にゆるんだんです。『おい、奥村！　真由美さんをどうする気だ』……私、その声を聞いたとき、ハッとしました。峯雄さんの声です。とっさに私は、『峯雄さん！』と叫びながら、奥村さんを突き飛ばすようにして、峯雄さんのほうへ走り寄ったんです。ほんの一瞬の出来事でした。突然、峯雄さんがあらわれたものですから、奥村さんは不意をつかれ、呆然としたようです。その隙に私は奥村さんの腕から逃れたんです」

松浦真由美は、白い額にうっすらと脂汗を浮かべながら証言していた。

事件当時の緊迫した状況を、いまさらのように思い浮かべ、気分が高ぶっているのだろう。

筒井弁護人は言った。

「松浦さん。あなたの話を聞いていると、長谷川峯雄さんは、すでに奥村卓夫のことを知っていたようですが、奥村のほうは、峯雄さんと面識があったんですか？」

「顔は見ています。でも、奥村さんは、峯雄さんが私にとってどういう人なのか、それは知らないんです」

「と言うと？」

「峯雄さんが私のマンションから帰るとき、廊下とか玄関ホールとかで二、三回、奥村さんと顔を合わせているんです。私、奥村さんがどういう人か、峯雄さんには話していましたが、奥村さんには、峯雄さんのことを友達の彼氏だって、そう言っておいたんです。だから、奥村さんとしては、峯雄さんのことを詳しく知らなかったはずです。もちろん、峯雄さんの名前なんかも奥村さんには教えていません」

「だとすると、奥村卓夫が、どういう目的であなたのマンションをたずねてくるのか、長谷川峯雄さんは知っていたんですね？」

「それは知っていました。怪《け》しからんやつだと峯雄さんは憤慨していましたが、相手にしないほうがいいって言ったんです」

「相手にしないほうがいいとは？」

「峯雄さんは柔道五段なんだそうです。中学生のころから柔道をやっていると か……ですから峯雄さんと奥村さんとの間に暴力沙汰《ざた》が起こったりしたら、それこそたいへんなことになるんじゃないかと、それが心配で……峯雄さんは、背も高いし体格も頑健だし、悪くすれば、奥村さんが大怪我《おおけが》をするかもしれないと、それが心配だったんです。私、まさか、奥村さんが姉さんや義兄を殺したなんて思ってもみませんでしたので、なおのこと不祥事が起こらないようにと願っていました。奥村さんにしてみても、内心では、私と峯雄さんとの関係を疑っていたようですから、もし、私の部屋で二人が鉢合わせしたら、それこそ……」

「取り返しのつかないことになると心配したんですね。ところで、どういうわけで、峯雄さんが事件現場へ突如として姿を見せたのか、そのことは、あとまわしにして……突然あらわれた長谷川峯雄さんを見て、奥村卓夫はどうしましたか？」

「『お前か。真由美のマンションで見かけたガキんちょだな。ここはお前の出る幕じゃないぜ。とっとと帰れ！　痛い目にあってもいいのか！』なんて、えらそうな態度で身構えながら峯雄さんのほうへにじり寄っていきました。峯雄さんは、私をかばって後ろへ下がらせ、自分一人で奥村さんのほうへ歩み寄っていくんです。いまでもおぼえていますが、彼の後ろ姿は堂々としていました。まるで、奥村さんなど眼中にないとでもいうように……『奥村！　刃物を捨てろ！　怪我をするのはお前なんだぞ。聞いてるのか！』って……もう、そのとき、二人の距離は一メートルくらいに接近していました。私、どうなることかとハラハラしながら見ていると、不意に『やッ』と聞こえるか聞こえないくらいの低い掛け声がして、黒い影がすーっと宙に浮いたんです。そして、ドサッと何かが川原に叩《たた》きつけられる物音がしました。目にも止まらない早技だったので、私、何がどうなっているのか、さっぱりわかりませんでしたが、よくよく見ると奥村さんが水際のところに仰向けにひっくりかえり、かたわらの川原に出刃包丁が転がっていたんです。私、それを見て、びっくりしたり、ほっと胸をなでおろしたり……うまく言えませんけど……」

「これで、もう悪霊につきまとわれることはないと安堵《あんど》したんですね？」

「そうなんです。奥村さんだって、けっこう逞しい体をしていたのに、峯雄さんにあっけなく背負い投げをくらって、一撃のもとに倒されたんです……私、うれしくなり、峯雄さんに抱かれながら、感激の涙にくれていました。峯雄さんが、悪魔祓《あくまばら》いをしてくれたんです」

松浦真由美は、涙ぐみながら証言した。

傍聴人席の真ん中あたりに、肩を並べて座っている石橋警部補と夏川染子警部の姿が見えた。

二人とも、思いがけない真実が明らかにされていくのを目のあたりにして、唖《あ》然《ぜん》としているかに見えた。

筒井弁護人は、質問をつづける。

「松浦さん。仰向けに倒れていた奥村卓夫の様子はどうでしたか？」

「私、まさか奥村さんが死んでしまったとは夢にも思っていませんでした。でも、倒れている奥村さんのそばにしゃがみこみ、脈をとったり心臓の音を聞いたりしていた峯雄さんが、ひとこと、『死んでる』と口走ったかと思うと、頭を抱えこみ、たいへんなことをしてしまったと言って茫然としているのを見て、私、目の前が真っ暗になりました。峯雄さんが言うには、たぶん、角の尖った川原の石に頭を打ちつけ、死んだんだろうって……考えてみれば、こうなったのは私のせいなんです。峯雄さんに迷惑がかかってはならないと、私、このとき心を決めたんです。だって、峯雄さんは、私をかばおうとして奥村さんを死なせてしまったんですから……峯雄さんは、将来のある方です。もし、この事件のために警察に逮捕されたりしたら、峯雄さんの将来は台なしです」

「それで、どうしたんですか？」

「私、決心がつかないでいる峯雄さんを急《せ》きたて、『早く！……ここから逃げてちょうだい。あとは私が何とかするから……』って……でも峯雄さんは承知しません。それればかりか警察へ自首すると言ってきかないんです。私は、こう言いました。『峯雄さん。私は女の子なんだから、奥村さんのようにがっちりした体格の男の人を投げ飛ばして殺してしまうなんてできっこないわ。奥村さんが私を殺そうとして、そのはずみで川原の濡れた石に足を滑らせて転倒し、角の尖った石で頭を打って死んだと言えば、警察だって信じるわ。峯雄さん。だから早く逃げてちょうだい。ぐずぐずしていると、人に見られるわ。さあ、私の言うとおりにしてちょうだい。大丈夫よ』と、無理やり峯雄さんを橋の下から連れ出したんです」

「連れ出したとは、具体的に言うと？」

「橋の反対側へ峯雄さんを無理やり連れ出したんです」

「反対側というのは、どの方向ですか？」

「橋の北側です。私が奥村さんに拉致され、橋の下へ連れこまれたときは、南側の石段を下りて現場へきたんです。宇治川の川原へは、その石段を下りるのが手っとり早いんです。しっかりとした石組みの幅の広い石段がありますので……それにくらべて、橋の北側にはそんな立派な石段はなく、土手の石垣を上らなくてはなりませんけど、峯雄さんなら、よじ登れると思ったからです」

「なるほど。実際のところ、峯雄さんがマイカーを止めていたのは、そちらのほうでしたからね。しかし、奥村卓夫に拉致されているあなたのあとをつけ、慎重に様子を窺いながら峯雄さんが現場へあらわれたときには、橋の南側の石段から川原へ下りたんでしょう？」

「そうだと思います」

「ところで、峯雄さんが現場から立ち去ったあと、あなたはどうしたんですか？」

「あのとき、私、ほんとにどうかしていたんです。仰向けに倒れている奥村さんをじっと見ているうちに、何だか、むらむらっとしてきて、奥村さんをこのままにしておけないような気持ちになって……」

「それは憎しみというか、復讐心《ふくしゅうしん》のようなものですか？　姉さんの首を切って殺したり、義兄の小嶋乙彦さんまで葬り去った。それを思うと、あなたは我慢がならなくなったんですね？」

「たぶん、そういう気持ちだったと思います。いまとなっては、私にもよくわからなくて……」

「それで、どうしたんですか？」

「とっさに、川原に投げ捨てられていた出刃包丁をつかみ、死体の首を切り落としてやろうと……いま思えば、よくもあんな恐ろしいことをしたものだと、自分でも不思議な気がします」

「何というか、激しい憎悪にかられ、自分自身をコントロールできなくなり、思わず死体の首を切り落とそうとした。そういうわけですか？」

「はい……でも、私は、一瞬、途惑いました。こんなことをしてよいものかと……その一方では、姉の仇《かたき》を討たなければと……」

「要するに、あなたの気持ちは動揺していたんですね？」

「だと思います。私、死んだ人の首を切っても、どうなるものでもないと、ふと思い直し、手にした出刃包丁を投げ捨てました。そのとき、思いがけないことが起こったんです」

「というと？」

「仰向けに倒れていた奥村さんが、ちょっと頭や腕を動かし、いまにも起きあがろうとしたんです……それを見て、私、恐ろしくなり、前後の見境もなく、投げ捨てた出刃包丁を拾いあげ、奥村さんの喉に突き立てたんです」

「ちょっと待ってください。いまの供述は、たいへん重要なことなので念を押すんですが、奥村卓夫の頭や腕が動いたと言いますが、確かですか？　あなたがそう思っただけではないんですか？」

「よくわからないんです……もしかすると、私が勝手にそう思っただけかもしれません」

「あなたがそう思っただけで、錯覚だったかもしれないと言うんですね？」

「はい。だって、峯雄さんが脈をとったり心臓の鼓動を聞いたりして、奥村さんは死んでると、はっきり言ったんですから……」

「そのことから考えても、錯覚だと言うんですね？」

「そうです」

「もう一つうかがいますが、倒れている奥村卓夫の喉に出刃包丁を突き立てたとき、血が噴き出したりしましたか？」

「噴き出したんじゃなくて、じわじわと血が滲み出る感じでした」

「間違いありませんか？」

「それは間違いありません」

「ここで、ちょっとうかがいますが、あなたは、血が噴き出した場合と、滲み出てくるような感じだった場合と、その違いがわかりますか？」

「違いと言いますと……」

松浦真由美は不思議そうな顔をして筒井弁護人をふり返った。

筒井弁護人は、それを見て、

「私の質問の意味がわからないんですね？」

「はい。すいません」

「謝ることはないんです。わからなければ、それでいいんですよ」

と筒井弁護人は、尋問事項を書きとめたメモに視線を落とした。

いまの筒井弁護人の質問の意味は、どういうことなのか。

法医学的知識のある人なら、すぐにわかるはずである。

松浦真由美が出刃包丁を奥村卓夫の喉に突き立てたとき、鮮血が噴き出したのなら、彼の心臓が動いていた証拠である。つまり奥村卓夫は生存していたのであり、出刃包丁を喉に突き立てられたことによって彼は死亡したわけだ。しかし、その直前まで生きていたという何よりの証拠でもあった。

一方、出刃包丁を喉に突き立てられたのに鮮血が噴き出したりせずに、じわじわと滲み出たのなら、すでに心臓が停止していたからにほかならない。

そうなると殺人罪は成立せず、松浦真由美の行為は、単なる死体損壊罪にすぎない。

それに反し、前者の場合は、まぎれもなく殺害行為である。

その場合でも、彼女としては、医師のタマゴである長谷川峯雄が「死んでいる」とつぶやいたときの言葉を信じて、てっきり奥村卓夫が死体になっているものとばかり思いこみ、死体の首を切るつもりで出刃包丁を喉に突き立てたのなら、やはり殺人の「確定的故意」はなかったことになり、殺人罪は成立しない。

ところがである。

その場合でも、「ひょっとしたら、奥村卓夫は生きているのかもしれない」という曖昧な認識のもとに彼女が出刃包丁を喉に突き立てたのなら、殺人の「未必の故意」の成立は否定できない。

その場合、司法解剖の結果をふまえて考えると、刑法三十八条二項の錯誤の問題が起こるが、それはそれとして、いまの松浦真由美の供述によって、もはや殺人罪の成立は無理だと、聞いていた風巻やよいは思った。

筒井弁護人は被告人質問をつづける。

「結局、あなたは、そのような状況下で奥村卓夫の首を出刃包丁で切り落とした。それは認めるわけですね？」

「はい。私、よっぽど、どうかしていたんだと思います。あんな恐ろしいことを……でも、それをやっているときは、まさか、そんなに恐ろしいことをしているという気持ちはなかったんです。ただ夢中で……たぶん自分を見失っていたんです。きっと姉や義兄を酷《むご》い目に遭わせた奥村さんが憎くてならず、復讐してやるつもりで、あんな恐ろしいことをしたんだと思います」

「第一発見者の宮垣正二郎の証言調書によると、あなたは血ぬられた出刃包丁を手にして、足元に転がっていた死体を放心したように見下ろしていたと……そのうえ宮垣正二郎がそばまできているのに、それにも気づいていない様子だったというんですが、おぼえがありますか？」

「ええ、まあ……犬が激しく吠えていたのはおぼえています」

「なるほど。ところで、これは仮定の話ですが、もし、第一発見者の宮垣正二郎に見つからなかった場合、あなたはどうするつもりでしたか？」

「私、警察へ自首する決心でした。宇治橋のそばには交番があるってことも知っていましたし……」

「話の筋が遡《さかのぼ》りますが……そもそもですよ、長谷川峯雄さんが不意に現場にあらわれたのは、どういうわけなんでしょう？」

「私、奥村さんに脅されてマンションを出るとき、こっそり携帯電話を持ち出したんです。奥村さんは気づいていませんでしたけど……」

「どんなふうにして携帯電話を？」

「私、眠っているところを奥村さんに起こされたんです。そのときは、パジャマの上からナイトガウンを引っかけ、ドアを開けたんですが……そのあと、出刃包丁を突きつけられ、脅されながら連れ出されようとするとき、こう言ったんです。『着替えをするから、しばらく、あっちへ行っててちょうだい。もう、こうなったら逃げることもできないんだから』って……奥村さんは『わかったよ』と答え、ドアのところまで行って、そこで私を待っていました。私は、隣りの部屋へ入って洋服ダンスを開け、セーターとスラックスに着替えたんですが、ふと、そのとき、携帯電話を持ち出すことを思いついたんです。スラックスのポケットにしのばせて……」

「それは名案ですね。携帯電話はどこにあったんですか？」

「洋服ダンスのなかのバッグに入れてあったんです。車のなかへ連れこまれ、手足を縛られるとき、私はひやひやしていました。携帯電話を見つけられるんじゃないかと……でも、運よく見つからずにすみました」

「それから、どうしたんですか？」

「宇治橋の下へ連れこまれるときには、もう手足を縛られてはいませんでしたから、隙をみて、スラックスのなかに入っていた携帯電話のボタンをプッシュしたんです。峯雄さんの電話番号は、登録ボタンの①を押せばいいんです。私にとって一番大事な人ですから、一番にしておこうと思って登録しておきました」

「だったら、手探りでもプッシュできるわけですね？」

「そうなんですが、自信はありませんでした。果して、奥村さんと私の言葉のやりとりを峯雄さんが聞いてくれているかどうか……」

「ところが、ラッキーなことに、峯雄さんが聞いてくれていたんですね？」

「そうなんです。私を殺してやるとか言っていた奥村さんの声を峯雄さんがキャッチしてくれたんです。そのとき峯雄さんは、私のマンションへマイカーを飛ばしている最中だったと言っています」

「ちょっと待ってくださいよ。そんな朝早くに、峯雄さんは、あなたのマンションへ車を飛ばしていたんですか？」

「その日は、峯雄さんと紀伊半島の白浜へドライブに出かける約束をしていたんです。日帰りなので朝早く出発しなければならないので、峯雄さんは夜明け前に家を出ているんです」

「なるほど。それでわかりました」

と筒井弁護人は、うなずき返しながら、例のメモに視線を落とした。

4

筒井弁護人にかわって、風巻やよいが陳述席の松浦真由美に質問した。

「松浦さん。では、今度は私からたずねます。長谷川峯雄さんのことですが、いわゆる挙動不審の男として、これまでの公判審理の過程で登場した人物だってことは、あなたにもわかっていたでしょうね？」

「わかっていました。ほんと言うと、私、峯雄さんのことが発覚するんじゃないかと、ひやひやしていたんです。峯雄さんは、私にとって大切な人ですし、将来のある方なんですから、こんな事件に巻きこまれたら、それこそ将来が台なしです」

「杉山まゆ子さんの証言を、あなたは聞いていたと思いますが、偽証しているってことは察しがつきましたか？」

「ちょっとヘンな感じだなと思いました。だって、杉山さんのマンションからだと、宇治橋の西詰付近を歩いている人の姿が、あんなに細かいところまで見えるはずはないと思うんです。私、杉山さんのマンションへ何度か遊びに行っていましたから、わかるんです」

「野中洋平さんの証言については、どうですか？」

「あれはほんとのことだと思います。実際に野中さんは、峯雄さんの姿を見ておられたからでしょうが、あの程度の証言では、たぶん峯雄さんの正体はわからないだろうと思ったり……でも、やっぱり心配でした」

「杉山まゆ子さんとは仲がよかったんでしょう？」

「はい。私よりはだいぶ年上ですが、思いやりのあるいい方です。私たち、姉妹のように親しくしていました。杉山さんが私のためを思って危ない綱渡りのようなことをしてくださったのかと思うと、私、嬉《うれ》しくて……どうか、杉山さんを処罰しないでください。これから先も、杉山さんが野中さんと仲よくやっていけるようにと、私、心から祈っているんです」

松浦真由美は、涙ぐんだ。

風巻やよいの気持ちとしても、杉山まゆ子を偽証罪で起訴するつもりはなかったが、ここで、そのことを口に出すわけにはいかない。

「松浦さん。あなたが警察で述べた供述と、これまでの被告人質問で述べたこととは、いくつかの点において食い違いがありますが、それはなぜですか？」

「いま言いましたように、峯雄さんのことは、最後まで隠し通すつもりでいましたので……それから内海先生からも、いろいろアドバイスされていましたし……」

「内海弁護人は、あなたが逮捕された直後に警察へ面会にきていますね？」

「はい、私の知らない人でしたが、お話を聞いて、やっと納得できました。峯雄さんから依頼され、私の弁護をすることになったとおっしゃっていましたので……あの先生は、峯雄さんから聞いて、すべての事情を知っておられたんです。とにかく、まずいことは警察で言ってはならないし、裁判がはじまっても否認しなさいと……そのほかにも、こまごまとしたアドバイスしていただきました」

何はともあれ、内海弁護人のアドバイスが弁護権の範囲を超えたものかどうか、微妙なところである。

それに、ただ一点、気になることがあった。

犯行現場に長谷川峯雄が居合わせたのを知っていながら、あえて彼女に事実を隠蔽《いんぺい》するようにとアドバイスしたのなら、犯人隠避《いんぴ》の罪に該当する可能性もあった。

しかし、それを問題にすれば、松浦真由美自身についても同じことが言える。

被告人は自分の犯した罪については黙秘する権利があるが、他人の犯した罪――この場合で言うと、長谷川峯雄が現場において被害者の奥村卓夫に背負い投げを食らわせ、死に至らせたことによる罪――についてまで黙秘権は及ばない。

この場合、長谷川峯雄の犯した罪は、重過失致死もしくは単純過失致死である。

松浦真由美は、長谷川峯雄が奥村卓夫を死に至らせたのを知っていながら、彼を庇い、彼の罪を自分がひっかぶるつもりで嘘の供述をしていたのだから、まぎれもなく犯人隠避の罪を犯したことになるのだ。

風巻やよいは言った。

「松浦さん。なぜ、内海弁護人が突如としてあなたの弁護をしなくなったのか、その事情を知っていますか？」

「いいえ、知りません。先日、内海先生が拘置所へこられ、私に、こうおっしゃっただけです。『ちょっと都合があってね。今回、あなたの弁護人を辞任することになったんだよ。申しわけないが、このあとは国選弁護人にでも引き継いでもらってほしいんだ』なんて……私、何が何だかさっぱりわからず、悲しくなってきました。まさか、峯雄さんが私を見捨ててしまったなんて、そんなはずはないのにと思ったりして……」

「詳しい事情を聞かされていなかったわけですね。さて、話は違いますが、あなたはホラー映画の大ファンだとか？」

「ええ、まあ……ホラー映画のビデオなんかをレンタルして、よく見ていました。でも、近ごろは興味を失って……」

「全然、見ないんですか？」

「全然というわけではありませんけど……あまり見なくなりました」

「これは単なる噂ですが、ちょっと気になるので確認しておきたいんですけど、あなたは、何かのはずみで切り落とされた人の首が、言葉をしゃべるらしいって……もしかすると、あなたは本気でそれを信じているんじゃないかなんて聞きましたが、どうなんでしょう？」

「そんなの嘘です。ただの冗談で言ったことですから……」

松浦真由美は、おかしくてならないとでもいうように声を殺し、肩をゆすりながら笑った。

「松浦さん。聞き込みの結果によると、こういう噂もあるんですがね？　あなたは本気で人の首を切り落とすことを考えているんじゃないかって……」

「まさか、そんなこと……でも冗談で言ったことはあります。人の首を切り落としたら、ほんとに何かしゃべるんだろうかって……試してみたい気もするけどなんて……私が冗談で、そう言ったのを本気にするほうがどうかしてるんです」

彼女は、また笑った。

風巻やよいは言った。

「わかりました。もし、あなたが今回の事件に遭遇しなければ、そういう罪のない冗談を誰も本気にしなかったでしょうからね。ところで松浦さん。長谷川峯雄さんのことですが、このところ、ずっと行くえがわからなくなっているんです。医学部の講義にも顔を出さないそうですし……事件直後から、そういう状態がつづいていますので、警察としても大いに関心を持って行くえを捜しているんですが、あなたに、何か心あたりはありませんか？」

「そのことでしたら、内海先生から聞いたことがあります。今回の事件が決着するまで、どこかに身を隠すつもりでいるんだろうって……私も、そのほうがいいと思っていました。でも、これまで二回ばかり峯雄さんが私の裁判を傍聴してくれていたのを、私、見ているんです。誰にも言いませんでしたけど……やっぱり峯雄さんは私のことを心配して、裁判を傍聴にきてくれたのかと思うと、嬉しくて……」

彼女は、ちょっと声をつまらせた。

「松浦さん。長谷川峯雄さんが傍聴人席にいたというんですね？　それはいつごろですか？」

「第二回と第三回の公判だったと思いますけど……」

「今日はどうですか？　彼は法廷にいませんか？」

「えっ？　今日ですか……私、見なかったと思うんですけど……」

と言って、彼女が後ろをふり向いたときだった。

傍聴人席の中程《なかほど》から、突然、声がかかり、二十四、五歳の若者が不意に立ち上がったかと思うと、顔をこわばらせながら小さく叫んだ。

「私が長谷川峯雄です……申しわけありません。逃げたりして……今日は、堂々と名乗るつもりで、ここへきたんです」

傍聴人の視線が、一斉に長谷川峯雄に集中した。

こともあろうに、彼は、石橋警部補や夏川染子警部らが座っている席のすぐ後ろに立っているではないか。

二人は、啞然として、後ろの席をふり返り、長谷川峯雄を見つめている。

灯台もと暗しとはこのことだろう。

風巻やよいは、値踏みするような視線を長谷川峯雄に注ぐ。

見るからに健康そうで上背のある逞しい体格の若者である。

柔道五段だと言うが、それにふさわしい風格をそなえたハンサムな青年だった。

髪は短く刈り込んでいるが、スポーツ刈りではない。

面長でもなく、丸顔でもなかったという野中洋平の証言は当たらずとも遠からずというところだろうか。

服装はというと、ネイビーブルーのブレザーにダークグレーのスポーツシャツ、ズボンはやはりグレーだった。いかにもスポーツマンらしいすっきりとしたファッションだ。

風巻やよいは、西沢裁判長にむかって、こう言った。

「裁判長。検察庁としても、警察の協力を得て、これまで長谷川峯雄さんの行くえを探索中でしたが、このようにして、自発的に名乗り出たからには、ぜひとも証言を求めたいと考えます。彼は重要証人ですから……したがって、長谷川峯雄さんには、いったん本法廷から退去していただき、別室の証人控室で待機してもらいたいんです。できれば被告人質問が終わった直後に、引きつづいて長谷川峯雄さんの証言を求めたいと考えています」

西沢裁判長は、うなずき返すと、筒井弁護人を眺めやって、

「弁護人の意見はどうですか？」

「弁護人としても異議はありません」

筒井弁護人の返事を聞くと、西沢裁判長は、傍聴人席に立っている長谷川峯雄を見やって、

「長谷川峯雄さん。そんなわけで、在廷証人として、あなたの証言を求めることにいたします。それまでの間、証人控室で待機していていただきたいのです。いま廷吏が案内しますから……」

「はい……」

長谷川峯雄は緊張しながら答え、廷吏に誘導されて、法廷から姿を消した。

5

被告人質問が終わると、十分ほどの休憩時間をはさんで、長谷川峯雄が法廷へ召喚された。

長谷川峯雄は宣誓の後、西沢裁判長の説諭をうけてから証人席に座った。

被告人席の松浦真由美は、やっとめぐり逢えた長谷川峯雄に、こがれるような熱い眼差しを注いでいる。

長谷川峯雄の視線も、ともすれば松浦真由美に向けられがちである。

まず風巻やよいが主尋問を行った。

「長谷川峯雄さん。今日の法廷で、松浦真由美さんがどういう供述をしたか、聞いていましたね？」

「聞いていました。彼女の供述は、すべて真実です」

「真実だというのは、あなたが見たり聞いたりしたことと同じだという意味ですか？」

「そうです」

「では、確認しますが、九月十二日早朝、あなたはマイカーに乗って松浦真由美さんのマンションへ向かっていましたね？」

「はい。紀伊半島の白浜へドライブに出かける約束をしていましたので、早朝に家を出たんです」

「その途中、携帯電話のコールサインを聞きましたね？」

「聞きました。実を言いますと、あと二十分くらいで『ハイツむらやま』へ到着できるでしょうと彼女に連絡を入れるつもりだったんです。家を出発してから、まだ彼女に連絡をとっていませんでしたから……たぶん彼女は起き出して、ぼくを待っているだろうとは思っていましたけど、念のために連絡しておくつもりだったんです……ところが、ヘンなことになって……」

「それ、どういうことですか？」

「どこからか電話がかかってきたんです。ぼくが彼女に連絡をするより前に……それが、ヘンな電話だったんです。最初に男の声がしました。誰だかわからなかったんですが、何だか様子がヘンで、ドスのきいた声で誰かを脅迫しているような感じでした。レイプしてやるとか、殺してやるとか……声が不明瞭《ふめいりょう》で、よく聞き取れないところもありましたが、およその事情はわかりました。そのうち、突然、ひどく取り乱した真由美さんの叫び声がしたんです。『奥村さん！』と……ぼくは、ドキッとしました」

「奥村卓夫のことは知っていたんですね？」

「知っていました。何回か顔を合わせたこともありますし、真由美さんからも聞いていました。あいつが、また彼女を困らせているのかと思うと腹が立って……しかも、こんなに朝早くから……それで、一刻も早く『ハイツむらやま』へ着いて、奥村をとっちめてやらなくてはと気もそぞろでした」

「その間、ずっと電話を聞いていたんですね？」

「はい。そのうち、彼女の声で、『宇治橋の下なんかへ、なぜ私を連れこんだの？』って……そんな彼女の言葉を耳にしたんです。それも二度か三度くらい……ぼくはやっと彼女が奥村に脅されたりして宇治橋の下へ連れこまれているんだなと察しがついたんです。そのことで、彼女は、ぼくに緊急事態を知らせようとしてるんだって……これまでにも奥村のことを何度か聞いていましたが、とうとう、やつは狂ったんだと思いました。何しろ、変わり者でしたから……」

「それで、救出に向かったんですね?」

「そうです。気持ちばかりが焦って、あれでよく事故を起こさなかったものだと、いま思い出してみると怖いような気がします。とは言っても、早朝のことですから、飛ばしやすいんですけど……」

「宇治橋付近へ着いてから、どうしましたか?」

宇治橋から、少し離れた路上に車を乗り捨て、駆けて行ったんです。ひと口に宇治橋の下と言っても、西詰か東詰か、よくわからなかったんですが、とりあえず、石段のある西詰から川原へ下りました。東詰にはそういうのがありませんから……」

「それで、どうしたんですか?」

「石段を下りてみると、橋の下に人影らしいものが見えました。ぼくは息を殺し足音を忍ばせながら、堤防の石垣にへばりつくようにして二つの黒っぽい影に接近して行きました。そのうち、誤って川原の石を踏み違え、ガタンと音がしたんです。ハッとして立ち止まりましたが、ここまでくれば迷うことはないと思って、『おい、奥村! 真由美さんをどうする気だ?』と叫ぶと同時に、奥村と思われる人影に向かって突進したんです。そのとき、『峯雄さん!』と叫びながら、真由美さんが私の胸に飛びこんできました。あとで聞いたところによると、彼女は不意をつかれた奥村が、一瞬、気を許した隙に、やつを突き飛ばし、逃げ出してきたんだとわかりました」

「それから、どういうことに？」

「奥村は、ぼくを馬鹿にして、『ガキんちょのくせに』とか、『痛い目に遭うぞ』とか、偉そうな態度で、ぼくのほうへにじり寄ってきました。ぼくは、真由美さんがケガをしないようにと、彼女を先に逃がしてから、やつに立ち向かいました。『奥村！　刃物を捨てろ。お前がケガをするだけだぞ。聞いてるのか？』と、ひとまず、やつに警告したんです。やつが刃物を持っているらしいのは、ぼくにも見当がついていたからです」

「要するに、奥村が先に手を出したんですね？」

「そうです。あのとき、奥村が黙って引きさがってくれれば、ぼくだって彼女を連れて現場を離れたと思うんです。しかし、やつはぼくを小馬鹿にしていますから、『ひねりつぶしてやる！』とか何とか言ってぼくの肩に手をかけ、引き倒そうとしたものですから、とっさに、ぼくはやつの右腕をとらえてねじ上げ、握っていた刃物を叩き落としてやったんです。すると、やつは、ますますいきりたって、ぼくに突っかかってきましたので、仕方なく背負い投げをかけたんです。見ると、やつは水際に仰向けにひっくり返り、のびていました。まさか死んだとは思ってもいなかったんですが……」

「そのとき、あなたは奥村の脈をとったり心臓の音を聞いたりしたあと、『死んでる』と口走ったそうですね？」

「たいへんなことになったと、ぼくは、一時茫然としました。目の前が真っ暗になったような気がして……たぶん奥村は、角の尖った川原の石に頭を打ちつけ、死んだんでしょうけど……とにかく、たいへんなことになったと自分の不始末が悔やまれて……」

「確認しておきますが、ほんとに奥村の心臓は停止していたんですか？」

「間違いありません。これでも、ぼくは医学部の学生ですから、それくらいのことはわかるんです」

「もう一度たずねますが、奥村が死んでいたのは間違いないんですね？」

「間違いありません。責任をもって、それは言えます」

「では、次の質問に移りましょう。奥村卓夫を死に至らせたのは不祥事には違いないんですが、この事実に、どう対処すべきか、それについては？」

「正直言って、どうしたらよいか、ぼくにもわからなかったんです。しかし、真由美さんが思いがけないことを言いました。『峯雄さん。私は女の子なんだから、奥村さんのように逞しい男の人を殺すなんてできっこないわ。私がそう言えば警察は信じると思うの。奥村さんが私を殺そうとして、そのはずみに川原の濡れた石に足を滑らせて転倒し、角の尖った石で頭を打って死んだと私が言えば、きっと警察は信じてくれるわよ。だから峯雄さん。早くここから逃げてちょうだい』と言って、彼女は、ぼくを急き立てながら現場から遠ざけたんです。そのとき、ぼくは宇治橋の北側から堤防の上へ出ています。もちろん、ぼくにしてみれば彼女を残して立ち去るなんて辛いことでしたが、早く早くと彼女にうながされ、あとのことを考える余裕もなく、とりあえず現場を離れてしまったんです。ぼくと一緒に逃げたほうがいいと彼女を説得したんですが、彼女は聞き入れませんでした。そんなことをしたら、なおのこと警察に疑われるって……確かにそうかもしれないと、ぼくも思い直し、言われるままに現場を離れました。そして、止めてあったマイカーに乗り、そのまま真っ直ぐ家へ飛ばしたんです」

「では、帰宅してからのことを話してください」

「はい。ぼくが帰宅したとき、父はダイニングルームで朝食の最中でしたが、思い切ってすべてを話したんです。宇治橋の下で何があったかってことも含めて……もちろん、真由美さんのことを父に聞かせるのは、このときがはじめてだったんですが、父にしてみればショックだったようです」

「何がショックだったんですか？　あなたが奥村卓夫という男を死に至らせたこと？　それとも真由美さんとのこと？」

「あれもこれも一度に聞かされたもんでショックだったんです。ぼくは、真由美さんと結婚する決心をしているんだと……そのことも打ち明けました。すると、父は怒りだして、『学生の分際で何を言うか』と……だから、ぼくは『結婚は医師の資格をとってからでもいいんだ』と言ったら、『そんな先のことが、いまからわかるか』なんて……いずれにしても、ぼくにしてみれば、真由美さんのことが心配でした。警察沙汰になるのは、わかりきったことですから、彼女のために腕のよい弁護人をつけてくれと父に懇願したんです」

「お父さんは承知しましたか？」

「いいえ。いましばらく様子をみてからにしろって……『だったら、ぼくは、これから警察へ自首する。奥村を死なせたのは、真由美さんではなくて、このぼくなんだから……』って、父に言ってやったんです。すると、父は、ぎょろりと目を剝《む》いてぼくを睨みつけ『お前は何てやつだ。親を脅迫《きょうはく》するのか……』なんて……ですから、ぼくは言い返してやりました。『脅迫なんかしてないよ。いいさ。ぼくがどうなってもいいというのなら自首してやるから……』とダイニングルームにあった受話器をあげて一一〇番しようとしたんです。これはジェスチャーではなく、もし父が止めに入らなかったら、ほんとに自首するつもりでいたんですから……そのときのぼくの悲壮な決意を父が感じ取ったのか、『峯雄！　待て……早まるな』と駆け寄り、強引に受話器を取りあげ、電話を切りました」

「そのときは、まだ一一〇番につながっていなかったんですね？」

「そうです。その寸前に受話器を取りあげられたんです」

「それで？」

「父は、ぼくをテーブルに座らせ、こう言いました。『わかった。真由美さんとやらのために有能な弁護人をつけてやるとしよう。しかし一つだけ条件がある。お前のことだ。明日から大学へは行くな。当分、ほとぼりが冷めるまで家から出るんじゃない。雇い人たちには絶対に口外しないように厳しく口止めしておく。大学へは休学届を出しておけ。わしから医学部長にも話しておく。当分、都合で休学するとな。医学部長とは懇意だから、好意的に計らってくれるだろう。わかったね？　条件は必ず守るんだぞ』と……」

「そんな事情から、内海弁護士が松浦真由美さんの弁護人に選任されたわけですね？」

「そうです。会社の顧問弁護士の紹介でした。やるべきことは、一応こなすだろうが、金には目のない男だから、それさえ承知なら紹介しようと顧問弁護士が父に言ったそうです。実際、一か月二百万円の弁護料なんて、ずいぶん高く吹っかけるもんだと父は呆れていましたが、どうせ会社の経費で落とすんだから、まあいいだろうって……」

「ところで、あなたは、松浦真由美さんの公判を傍聴していたそうですね？」

「三回ばかり傍聴しています。彼女が裁かれているのを見るにつけ、ぼくは胸が痛みました。あのとき、現場から逃げたのは、とんでもない間違いだったと後悔もしました。とりわけ挙動不審の男のことで証人尋問が行われているのを見るにつけて、よっぽど名乗り出ようかと思ったくらいです。しかし決心がつかず途惑っているうちに、内海先生が辞任してしまったので、やっと決断したんです」

「なぜ、内海弁護人が辞任したのか、それは知っていますか？」

「父の話によると、真由美さんの弁護料として毎月支払っていた二百万円は、金銭の性質上、とうてい会社の経費とは認められず、こんなことをしていると追徴課税されるし、重加算税をとられたりすると税理士から警告をうけたからだそうです。ぼくには、そういうむずかしいことはわかりませんが、父にしてみれば、そうなったらたいへんだと思ったらしく、ぼくにひとことの相談もしないで支払いをストップしてしまったんです。ですけど、ぼくにとっては、それで踏ん切りがついたわけで、かえってよかったという気がします。そういうことでも起こらなければ、自首しようなんて決心はつかなかったかもしれないからです」

「では、最後にたずねますが、現在のあなたの心境を話してください」

「はい……何と言えばいいのか……真由美さんには、ほんとにすまないことをしたと、心から後悔しています。奥村さんを死なせたのはぼくなんですから、ぼくを処罰してもらいたいと思います。そして真由美さんを釈放していただくようにお願い……」

あとの言葉がつづかず、長谷川峯雄は、西沢裁判長にむかって頭を下げたまま、泣き崩れてしまった。

被告人席の松浦真由美も目を真っ赤に泣き腫《は》らし、しゃくりあげている。

6

「何だと？　殺人罪の訴因《そいん》を撤回するって？　そいつはまずいよ、風巻くん」

本庁の京都地方検察庁刑事部長の狩野照正《かのうてるまさ》の不機嫌な声が受話器に響く。

風巻やよいは、懸命に上司の説得につとめた。

「部長。そうはおっしゃいますが、どう考えても殺人罪は無理です。記録をお読みになったと思いますが、松浦真由美は、すでに死亡していた被害者の首を切断しただけなんですから、殺人罪は成立しません」

「死亡していたなんて、どうしてわかる？」

「長谷川峯雄の証言によっても明白です。彼は被害者の脈をとったり、心臓の鼓動を聞いたりして被害者が死亡していることを確認しているんです。松浦真由美が首を切ったのは、そのあとのことですから、間違いなく彼女の行為は死体損壊罪にほかなりません」

「しかしだね、松浦真由美の言うところによれば、死んだはずの被害者が頭や腕を動かしたように見えたというじゃないか？　だったら生きているわけだ」

「それは彼女の錯覚です。奥村への恐怖心から、ふと、彼が生き返るんじゃないかという幻覚におそわれたんです。よろしいですか？　生きているんじゃないかと彼女が思ったのは客観的事実に反することであり、それを前提にして殺人の未必の故意を認定するのは無理です」

「ちょっと待てよ。長谷川峯雄の証言だけどね、信用できるのか？」

「信用していいと思いますわ。だって、彼は医学部の学生ですもの。あの状況下なら人の生死を確認することくらいできるはずです。医学には素人の刑事にだってできることなんですから、医学を学んでいる学生なら、なおのことです」

「長谷川峯雄がだよ、松浦真由美を庇《かば》いだてして、嘘をついているのかもしれないじゃないか？」

「いいえ、それはないと思います。松浦真由美にしてみても、被害者の首を切ったとき、鮮血が勢いよく噴き出したりはせず、血が滲み出した程度だったと言っています。そのことから考えても、殺人罪の訴因を維持するのは無理というものです。もし検察側が殺人の訴因を撤回しなければ、裁判所は、殺人罪に限って無罪の言い渡しをするでしょう。それだったら、われわれとしては潔く殺人の訴因を撤回すべきです。本来、この事件の起訴事実のなかに殺人罪を含めること自体が無理だったんです。私、この事件に関与したときから、そう考えていましたが、早まった結論は出さず、事実関係がすべて明らかになるのを待って判断するつもりでした」

「待ちたまえ。この問題は、検察庁の基本的姿勢にかかわることでもあるから、明日にでも本庁へきてもらいたい。そのうえで検事正や次席もまじえて協議しよう」

「わかりました。そのようにいたします」

そう答えはしたが、内心、これは面倒なことになりそうだと風巻やよいは憂鬱になった。

狩野刑事部長は言った。

「風巻くん。まだいくつかの問題が残っている。まず長谷川峯雄の処分だが、どうするつもりだね？」

これも、また難問である。

しかし、風巻やよいの胸中には、すでに結論めいたものが固まっていた。

「部長。長谷川峯雄は被害者に背負い投げをかけて、死に至らせたわけですが、あの状況下なら、当然に正当防衛が成立します。先に手を出したのが奥村だったことでもありますから……何よりもですよ、奥村は相出刃を右手に握っていたんですよ。それを考えれば、何ら刃物も持たず、素手で自分や松浦真由美の身を守ろうとして背負い投げをかけたのは、正当行為と言えましょう」

「しかし、被害者の死という重大な結果を招いたんだ。柔道五段なら相手を殺さずに攻撃力を封殺するくらいのことはできたはずだ」

「つまり殺さずに防御すべきだったとおっしゃるんですか？」

「そうだ。背負い投げをかけるまでは正当行為だったとしても、人を死なせてしまったからには、過失致死ではないのかね？　しかも単純な過失致死ではなく、柔道を心得ているはずの長谷川峯雄なんだから、業務上過失ないしは重大な過失とみるべきじゃないのか？」

「いいえ、私はそうは考えていません。もし過失犯が成立するとすれば、業務上過失とか重大な過失ではなく、単なる過失致死罪にすぎません」

「単なる過失致死だったら、最高刑でも罰金五十万円だ。それは軽すぎるんじゃないのか？　奥村が悪いやつだったにしても、死なせたとなると話は違う」

狩野刑事部長は、なかなか手厳しい。

業務上過失致死罪ないし重過失致死罪だったら、罰金ではすまなくなるだろう。

風巻やよいは、あの生真面目《きまじめ》な青年を起訴するに忍びなかった。罰金だったら、略式手続によって、事実を認めさえすれば法廷へ出頭しなくてすむのである。

狩野刑事部長は、もう一つ難問を持ち出した。

「風巻くん。松浦真由美については、犯人隠避の罪がある。彼女はだよ、恋人の長谷川峯雄を庇い、自分一人が罪をかぶるつもりで、これまで嘘の供述をしてきたんだから、まぎれもなく犯人隠避の罪が成立する。この件については、どう処分するつもりだね？」

「部長のおっしゃることはよくわかりますが、もしもですよ、松浦真由美を犯人隠避の罪で起訴するならば、内海弁護士も同様に起訴しなければなりませんわ。だって、あの二人は相談のうえ、長谷川峯雄が事件現場に居合わせなかったことにしようと共謀したんですから、まぎれもなく犯人隠避の共謀共同正犯《きょうぼうきょうどうせいはん》です」

「なるほど。弁護士だけを不起訴にするのは、いかにもまずいよな。とは言っても弁護士も含めて二人を一蓮托生《いちれんたくしょう》で起訴すると、なおのこと面倒だ。内海とやらいう弁護士は、うるさいやつらしいからね。あれは正当な弁護権の行使だとか、酢《す》の蒟蒻《こんにゃく》のとか、思いつくかぎりの法律手段でもって裁判の引き延ばしをはかるだろう。それを思うとわずらわしいよ」

たぶん、狩野刑事部長は、そう言うだろうと計算のうえ、風巻やよいは内海弁護人のことを持ち出したのだ。

「部長。そんなことより、杉山まゆ子の偽証の件がありますわね。それから彼女の偽証を幇助《ほうじょ》した野中洋平の処分も考えなくてはなりません」

「だったら、すべてを引っくるめて、明日あらためて協議しよう。午後一時というのはどうだね？」

「けっこうです。明日は公判がありませんから……」

「それじゃ待っているよ」

そう言って、狩野刑事部長は電話を切った。

受話器をおくと、風巻やよいは考え深げに吐息をもらした。

7

週明けに最終公判が開かれた。

「検察官。では、論告および求刑を……」

と西沢裁判長は、風巻やよいに言った。

彼女は、うなずいて立ち上がると、

「論告の前に、本案について検察官から訴因取り消しの申し立てをいたします。ご承知のように検察官が提出した起訴状は、二つの訴因から成り立っています。そのうちの一つは殺人罪であり、もう一つの訴因は死体損壊罪です。しかし、これまでの審理の経過から考え、殺人罪の訴因については、このさい取り消しの申し立てをしたいと考えますので、ご許可いただきたいのです」

風巻やよいは、直接の上司にあたる狩野刑事部長と電話で話した翌日、本庁の京都地検へおもむき、検事正や次席検事、それに狩野刑事部長らトップクラスの幹部とさんざん議論を尽くし、やっとの思いで彼らを翻意させ、殺人罪の訴因の取り下げを承認させたのである。

法壇の上では、西沢裁判長が、まず右陪席裁判官の意見を聞き、次いで左陪席裁判官の意見をも聞いたりして合議していたが、やがて風巻やよいに向き直ると、

「合議の結果、検察官の訴因取り消しの申し立てを許可します。したがって、死体損壊罪についてのみ論告および求刑をしてください」

「承知しました」

と風巻やよいは西沢裁判長を眺めやって、

「死体損壊罪については、これまでの審理の過程でその証明は充分であると考えています。被告人自身も認めていることですから……なお求刑について意見を述べますと、死体損壊罪の法定刑は三年以下の懲役となっていますが、被告人については、その情状を考慮するとき、酌量減軽が相当であると思料します。そのうえ、さらに刑の執行を猶予するのが妥当ではないかと考えます」

検察官が論告求刑をするにさいして、被告人の情状を考慮し、酌量減軽すべきであるとあって、そのうえなお、刑の執行を猶予すべきだなどと主張するのは異例である。

被告人に有利な論告をする場合でも、最大限、せいぜい「求刑については、しかるべく」と言うだけで、あとは裁判所の判断にまかせるのが通例だ。

しかし、風巻やよいは、あえてそうした慣例を破り、ユニークな視点から論告および求刑を行った。

彼女が論告をすませて着席すると、西沢裁判長は筒井弁護人に向かって、

「では弁護人。最終弁論を……」

「承知しました」

と答え、立ち上がった筒井弁護人は、ちょっと面映げな顔をして、

「率直なところ、弁護人としても、検察官の意見と何ら変わりはないのです。と言うより、私が主張したいことのすべてを検察官が言ってしまわれたもので、正直なところ出る幕がなくなりました」

傍聴人席から、軽やかな笑い声が起こった。

西沢裁判長も、微笑ましげに筒井弁護人を見つめている。

やがて筒井弁護人は、あらたまった態度で最終弁論を行ったが、その要点は、情状酌量と執行猶予の二点に絞られ、風巻やよいの論告とほとんど変わりなかった。

被告人席の松浦真由美はと見ると、彼女の表情にも明るい希望の色が浮かんでいる。

こうして、判決の日を迎えた。

予想どおり、判決は懲役六月《ろくげつ》、執行猶予一年という寛大なものだった。執行猶予つきだから、刑務所へ入らなくてもいいわけだ。

それにしても懲役六月というのは、ちょっと重いのではないかと考えるむきがあるかもしれないが、たとえ死体になっていたとしても出刃包丁で首を切り落と

したとなれば、それなりの刑事責任を負わなければならないのは言うまでもない。

判決後、三人の裁判官が法廷から立ち去るのを待ちかねていたように、傍聴人席に居合わせた長谷川峯雄が、松浦真由美のそばへ勢いこんで駆け寄ったかと思うと、彼女の手をとり固くにぎりしめた。

互いにじっと見つめ合っていた二人の瞼《まぶた》に清冽《せいれつ》な玉のような涙が堰《せき》を切ってあふれ出た。

やがて彼と彼女は、たまりかねたように人目もはばからず熱い抱擁《ほうよう》をかわしあっていた。

そんな二人を見つめているうちに、風巻やよいは、じーんと目頭が灼けるように熱くなり、愛におののく二人の感動的な姿が霧のなかのシルエットのように、ぼんやりと霞《かす》んで見えた。

筒井弁護人はと見ると、二人のそばへ寄り、何やら励ましの言葉をかけてやっている様子だ。

8

「まあ。真っ赤にもえて美しい紅葉《もみじ》やね」

風巻やよいは、石橋大輔と二人で興聖寺《こうしょうじ》の参道を歩いていた。

「検事さん。ここの紅葉は、毎年十一月末が見頃なんですけど、今年は、どういうわけか例年より紅葉が遅いみたいです。もう十二月中旬ですからね。ふだんなら紅葉も盛りを過ぎているはずなんですけど……」

「ちょうどよかったやないの。事件が決着して、やっと落ち着いたところなんやから、ゆったりとした気分で紅葉見物ができるわ」

「まったく苦労させられましたからね」

と石橋大輔は、明るい笑い声をあげながら、

「ここは琴坂《ことざか》と言って、見てのとおり、山門まで上り坂になっているんですよ」

「その山門やけど、ずっと向こうに見える白亜の竜宮門のこと？」

「そうです。何しろ禅寺ですから山門は中国式です。あの門をくぐると、本堂やら開山堂なんかが建ち並び、なかなか壮観ですよ」

「それにしても、こんなにもすばらしい紅葉の名所があるのに、観光客の姿が見えないなんて、どういうわけやろう？　京阪宇治駅からも、そう遠くないし……」

「たぶん、知らないからでしょうね。宇治へやってくる観光客は、平等院を見ただけで満足してほかへ行ってしまうんです。興聖寺にしてみても、わんさと観光客に押しかけられると困るからPRもしないんじゃありませんか。このとおり幽寂な雰囲気の禅刹《ぜんさつ》ですからね」

「確かに静かな境内やわね。何しろこれだけ見事な枝ぶりの楓《かえで》が参道の両側に整然と並んでいるんやもん。こっちが圧倒されそうやわ」

「初夏の青々とした楓も壮観ですよ。緑したたる楓の木立の間に黄金色の山吹が点々と咲くんです。これも、また一興ですよ。ところで検事さん、話は変わりますが、長谷川峯雄の処分はどうなったんです？」

「本庁の幹部を説得して、正当防衛を認めさせたわ」

「それじゃ、不起訴ですか？」

「そう。本人には、もう不起訴の通知をしてあるわ」

「しかし、ちょっと甘いんじゃありませんか？　過剰防衛として、少なくとも過失致死になるんじゃないかと思うんですが……」

「まあ、あなたも私の上司と同じことを言うのやね。確かに、その意見は、一応、筋は通っているけど、私には私の信念があるわ」

「信念と言いますと？」

石橋警部補は、不思議そうな顔をして風巻やよいを見返した。

彼女は、やさしげな笑みを浮かべながら、

「欧米にくらべると、日本では、ともすれば正当防衛を認めたがらない傾向があるんよ。だもんだから、暴力をふるわれたり、刃物をふりかざした犯人に襲われた場合なんか、臆病《おくびょう》になり、反撃する機会を失うってこともよく起こるわけよ。しかし今回の事件のように、警察の援助を求める時間的余裕もない場合、思い切って反撃すべきなんよ。そのための正当防衛なんやもんね。その結果、犯人が死んだとしても反撃そのものが正当行為なら処罰すべきじゃないわ。不法な暴力に対して民主社会の市民は、決して臆病であってはならないと思うの。それが私の信念なんよ」

「なるほどね。そう言われてみれば、確かに……」

と石橋警部補はうなずき返しながら、

「それにしても、検事さん。そのやさしいお顔の裏側に、真っ赤な紅葉のように燃え立つ正義感を隠していたとは意外でした。ほとほと感心しましたよ」

「石橋さん。それってからかってんの？　それとも女だてらに、きついことを言うやつだと内心では呆れ返ってるのと違う？」

風巻やよいは、空を仰ぐように白い喉をのけぞらせながら、声をあげて笑った。

ところで、松浦真由美の犯人隠避の容疑については、風巻やよいの意見が何の抵抗もなく上司らに認められ、起訴猶予になった。

幹部クラスにしてみても、松浦真由美を犯人隠避の罪で立件すれば、一蓮托生に内海弁護士をも巻きこまなければならなくなり、ことが煩わしくなるのを慮《おもんぱか》り、二人とも起訴猶予にするのが無難だと考えたのである。

風巻やよいとしては、むしろ松浦真由美を起訴猶予にしても、内海弁護士については立件すべきだという考えなのだが、とうてい上層部の承認を得られそうにないので、あきらめることにした。

検察庁といえども、官僚機構の一端を担《にな》うものであり、捜査の範囲が拡大し、騒ぎが大きくなるのを嫌うのだ。

何よりも内海弁護士を標的にすれば、場合によっては弁護士会全体を敵にまわさなければならなくなるかもしれないのを上層部が恐れるからだろう。

一方、杉山まゆ子の偽証にしろ、野中洋平の偽証教唆《きょうさ》にしろ、このほうは問題なく起訴猶予処分になった。

杉山まゆ子が偽証したことを認めたために、結果としては、裁判の帰趨《きすう》に影響せず、実害がなかったからである。

「おや、あれは？……例の二人じゃないですか？　検事さん」

石橋警部補は、竜宮門をくぐり、石段を下りてこっちへ歩いてくる若いカップルを見て、そう言った。

「そうだわ。あの人たちよ」

松浦真由美と長谷川峯雄が仲むつまじく腕をからませ合い、はしゃぎながら琴坂を下りてくる。

「ちょっと、あなたたち……仲のいいこと。うらやましいわ」

と風巻やよいは、間近にやってきた二人に声をかけた。

「あら、そういう検事さんたちも、ずいぶん親密でいらっしゃるみたいですけど……」

と松浦真由美は、裁判中の苦しい体験など、すっかり忘れてしまったように明るい笑顔を浮かべながら駆け寄ってきた。

若いだけに、立ち直るのも早いのだろう。

さすがに長谷川峯雄は、ちょっと照れたように顔を赤らめながら風巻やよいを見やって、ぎこちなく頭を下げた。

「お世話になりました。いろいろと好意的にやっていただいて……検事さんにも、それから石橋さんにも、さんざんご迷惑をかけたりして、ほんとに申しわけないと思っています」

「もう、すんだことよ。ところで、あなたたちも紅葉見物？」

「ええ、まあ……久しぶりにドライブに行こうって彼から誘われたものですから……」

と松浦真由美は、嬉々として長谷川峯雄の腕をとり、愛《いと》おしげに彼を見やったが、ふと何かを思いついたらしくて、

「あの、検事さん。私、内密にお話したいことがあるんですけど……一度、オフィスへうかがってもいいですか？」

「それはかまわないけど……簡単なことなら、いま聞かせてもらってもいいのよ」

「それだったら、お話します。すいませんが、こちらのほうへ……」

と言って、松浦真由美は風巻やよいの腕をとり、大きな楓の木の陰へ誘いこんだ。

「どういうことなの？」

と風巻やよいは、訝《いぶか》しげに松浦真由美を見返した。

彼女は、急に声を落として、

「私、これまで、ずっと秘密にしていたことがあるんです。宇治橋の下で、奥村さんの首を切り落としたあと、思いがけないことが起こってて……」

「思いがけないこと？」

風巻やよいは眉をひそめた。

松浦真由美は、ごくりと生唾《なまつば》を呑《の》み下して、

「私、びっくりしました。胴体から切り離された人の首が物を言うなんて……あれって、ほんとのことだったんです」

「まさか、ホラー映画の見すぎでしょう」

「そうじゃないんです。あのとき、奥村さんの首が、かすれたような声で私の名を呼んだんです。『真由美……』って一言……信じられます？」

「それ、ほんとなの？」

風巻やよいは、胸騒ぎをおぼえた。

「ほんとですとも。こんなことで嘘をついたりはしません。でも、人には言えないことなんです。頭のヘンな女の子だなんて思われたら困りますから……峯雄さんにも話していないんです。打ち明けたのは、検事さんがはじめてなんです。きっと信じてもらえると思って……」

「まあ……」

風巻やよいは、慄然とした。

松浦真由美が言うように、首を切られた直後の奥村卓夫が彼女の名を呼んだとすれば、まだ死んではいなかったということなのか。

(そんなはずないわ!)

奥村卓夫は、峯雄に背負い投げを食らい、川原の尖った石で頭を打ち、死んだはずである。

そういう前提で、松浦真由美に対する執行猶予つきの寛大な判決が言い渡されたのだった。

その判決は、もう確定しており、もはや覆《くつがえ》すことはできないのである。

解説――ニュー・フェイス誕生

細谷正充

リーガル・サスペンスなどという言葉が、影も形もなかった時代。裁判を扱った推理小説は法廷ミステリーと呼ばれていた。その法廷ミステリーの雄といえば、E・S・ガードナーの弁護士ペリー・メイスン・シリーズといえるだろう。正義感溢《あふ》れるペリー・メイスンと秘書のデラ・ストリート。そして探偵のポール・ドレイク。このトリオの活躍は日本でも絶大な人気を博し、数多くの著書が翻訳されたのである。

ところでガードナーには『検事他殺を主張する』『検事卵を割る』等、題名に検事を冠したシリーズがあることをご存じだろうか。もちろん主人公は検事である。残念なことに、ペリー・メイスン物ほど作品数もなく知名度も低いようだ。それはなぜか。

どなたの発言だったか忘れてしまい恐縮なのだが、弁護士が主人公ならば、被

告の無実を晴らすというドラマティックな展開や意外な真犯人を指摘するという
ミステリーとしての読みどころを盛り込んだ物語にしやすい。しかし、検事を主
人公にすると、起訴した人物がやっぱり犯人でしたという結論になりやすく、し
たがってペリー・メイスン物のほうがおもしろく人気があるのだという意味の文
章を読んだ記憶がある。なるほど、いわれてみれば確かにその通り。だから法廷
ミステリーの典型的なパターンといえば、ほとんどが冤罪《えんざい》により裁かれようとし
ている被告を、正義の味方の弁護士がいかにして助けるかというものになるのも
仕方がない。検事は弁護士の仇役&引き立て役という損なキャラクターを永いこ
と演じてきたのだ。

だが、現代のリーガル・サスペンスを見れば明らかなように、そうした古典的
なパターンに収まった作品はかなり減少している。その理由は、司法とそれにか
かわる人々の実態が明らかになり、彼らに注ぐ庶民の関心が深まってきたからで
あろう。現実に起きる冤罪事件や、法律を逆手に取った巧妙な犯罪。さらには悲
しむべきことではあるが、司法に携わる人間自身が法を犯す事件もけっして珍し
いものではなくなった。こうした現代の諸相を見て人々が気づいたのは、法とは
絶対的なものではないということ。そして司法関係者もまた、法と現実の狭間で

惑い悩み、時には過ちを犯す我々となんら変わるところのない血肉をもった人間だということなのだ。このような認識の推移が、法廷ミステリーを変革させたといえる。事件の真相や裁判の駆け引きだけでなく、その裁判にかかわったことにより、さまざまな葛藤を繰り広げる、人間のドラマを求めるようになったのだ。弁護士だけでなく、検事や裁判官が物語の主人公として活躍することが、飛躍的に増えたのも当たり前のことである。

そんな現代のミステリー・シーンに、またひとり新たな検事が現れた。日本におけるリーガル・サスペンスの第一人者である和久峻三の筆によって生み出された、京都地方検察庁宇治支部の支部長、あんみつ検事こと風巻やよいが、その人である。

クイズ番組ではないが、無作為に選んだ百人に、検事が主人公のミステリーで思い出すのは何かと聞いたら、ダントツのトップは作者が創作した赤かぶ検事シリーズになるだろう。もっとも作者以前に検事を主人公としたシリーズがないわけではない。高木彬光《あきみつ》が生んだ霧島三郎・近松茂道の両検事。このふたりなどは、ミステリー・ファンにとってお馴染みの人物といえよう。

だが、日本ミステリーで最も有名な検事といえば、赤かぶ検事こと柊 茂《ひいらぎしげる》であると断言できる。昭和五十年のデビュー以来、七十冊以上の著書に登場という、驚異的な事実がそれを証明しているだろう。その作者による、女性検事を主人公とした新シリーズの開幕とあっては、ワクワクするなというほうが無理である。ちなみに、作者が集英社文庫で紹介されるのは初めてなので、その経歴を簡単に紹介しておきたい。

和久峻三は、昭和五年、大阪に生まれた。京都大学法学部卒業後、中日新聞に入社。会社勤めをしながら、探偵小説専門誌の旧「宝石」に短篇二篇を発表している。その後、ミステリー作家となるべく退社するが、創作活動の壁に突き当たったという。その頃、たまたま裁判記録を目にし、そこにあるさまざまな人生に驚愕《きょうがく》。創作の壁が実人生の体験の乏しさにあると思い定めた作者は、弁護士になることを決意する。

作家となるために弁護士になるという、コペルニクス的発想にぶっ飛ぶが、実際に司法試験に合格し弁護士として活躍していたのだから凄い。鉄の意志に貫かれた実行力は賛嘆に値しよう。

その弁護士・和久峻三が作家として生まれ変わったのは、昭和四十七年『仮面法廷』で第十八回江戸川乱歩賞を受賞してのことだった。以後、法廷を舞台とする作品を中心に堅実な活動が続く。そして「疑わしきは罰せよ」から始まる赤かぶ検事シリーズの人気爆発により、流行作家の地位を不動のものとし現在にいたるのである。では、二十年以上も旬の作家の最新作である本書には、いかなる驚きと楽しみが待ち構えているのであろうか。

物語はいきなり法廷場面から始まる。まずは、事件の第一発見者に弁護士がやりこめられる、ユーモラスな場面から、検事・弁護士・裁判官それぞれの立場と性格を浮き彫りにして、読者の興味をグッと引きつけていく。

事件は『源氏物語』の「宇治十帖」でよく知られる、宇治橋西詰〝夢の浮橋〟の古蹟のそばで起こった。橋の下で首を切断された男性の死体と、その傍らに立ち尽くす若い女性が発見されたのだ。男の名前は奥村卓夫。女の名前は松浦真由美。ふたりの関係は複雑である。

奥村は松浦の姉である小嶋千香子と不倫関係にあった。だが、三角関係を嫌ったらしい小嶋夫妻が行方をくらます。どうやらアメリカに渡ったらしい。ところが、千香子を諦めきれない奥村は、妹の真由美につきまとっていた。そして、出刃包丁で脅され橋の下に連れ込まれた真由美が、逆に奥村を刺し殺し、首を切断したというのが事件のあらましだ。

だが、裁判で弁護側は殺人を否定。足を滑らせた奥村が頭を河原の石にぶつけて死亡。錯乱状態になった真由美が死体の首を切ってしまったのであり、罪は死体損壊だけだと主張したのだ。大阪地方検察庁から、京都地方検察庁へ転勤してきたばかりの風巻やよいは、退職した前任者から引き継いだこの事件に、どこか疑問を感じながらも裁判に挑むのだった。

しかし、事件はしだいに不可解な様相を呈してくる。捜査にあたる城南警察署の石橋大輔警部補は、三年前と五年前にも「宇治十帖」に関係する古蹟近くから、首を切断された死体が見つかった事件を掘り起こす。さらに、失踪中の小嶋夫妻らしき死体も、女性のほうが首を切られた状態で発見された。そして奇妙な目撃者が現れ、宇治橋の事件現場に不審な男性がいたことが明らかになる。

松浦真由美は本当に殺人を犯したのか。「宇治十帖」と事件の関係は何か。そして見え隠れする男の正体とは……。石橋警部補の協力を受けながら、やよいは真実へと肉薄していくのだった。

題名の角書に〝あんみつ検事の捜査ファイル〟とあるのは、主人公の風巻やよいが、あんみつ好きだからである。あんみつが好きだからあんみつ検事とは、なんて安直かなどと思ってはいけない。たとえば、赤かぶが好物なので赤かぶ検事と呼ばれる柊茂。彼の息子で、精神集中や、思案に詰まったとき、けん玉の競技をする柊正雄が主人公の、けん玉判事シリーズ。そして、あんみつ検事。「赤かぶ」「けん玉」「あんみつ」と彼らの愛好するものを並べてみればどうか。このような極めて庶民的な趣味嗜好を加えることにより、作者は厳格な法の番人に、人間的な温かみを付与することに成功しているのである。

ちなみにやよいのご贔屓は、宇治橋から平等院へ通じる石畳の参道にある甘味処「阿月」の、チョコあんみつのデラックス。なかなか、食べごたえがありそうだ。

また、主人公の魅力だけではなく、彼女を取り巻く脇役たちが生き生きと躍動している点にも留意したい。一緒に捜査を進める石橋大輔は、キャリアでもないのに三十二歳で警部補を勤める切れ者。やよいはこの年下の警部補を、ちょっと意識しているようだ。ふたりの関係がどうなるかは、今後のお楽しみだろう。また、出番は少ないが、石橋の上司の夏川栄子警部も印象に残る。そうそう、裁判でコテンパンにやられ、いいとこなしの内海哲史弁護士。これからも出番があるかは分からないが、妙に憎めない男である。こうした人物が脇を固めているため、物語の興趣がいっそう増しているといえよう。

そして当然ながら、ミステリーとしてのおもしろさも抜群である。殺人か、死体損壊かで争われていた裁判が、連続殺人の様相を呈してくる、ストーリー展開のうまさ。事件に「宇治十帖」をからめた、歴史ある古都・京都ならではの謎。そしてラストで明らかにされる驚くべき真相。作者のミステリー・ライターとしての実力が存分に発揮されているのだ。

さあ、和久峻三が開く大法廷に、ニュー・フェイスの有望な検事が出廷した。まずは、初めての事件を鮮やかに解決したことを祝って拍手。そして彼女の、さらなる活躍を期待しようではないか。

（ほそや・まさみつ　文芸評論家）

※この解説は、一九九八年十一月、文庫刊行時に書かれたものです。

本書は一九九八年十一月、集英社文庫として刊行されたものを改訂しました。

集英社文庫　目録（日本文学）

吉永小百合　夢の続き
吉村達也　やさしく殺して
吉村達也　別れてください
吉村達也　セカンド・ワイフ
吉村達也　禁じられた遊び
吉村達也　私の遠藤くん
吉村達也　家族会議
吉村達也　可愛いベイビー
吉村達也　危険なふたり
吉村達也　ディープ・ブルー
吉村達也　生きてるうちに、さよならを
吉村達也　鬼の棲む家
吉村達也　怪物が覗く窓
吉村達也　悪魔が囁く教会
吉村達也　卑弥呼の赤い罠
吉村達也　飛鳥の怨霊の首
吉村達也　陰陽師暗殺
吉村達也　十三匹の蟹
吉村龍一　旅のおわりは
吉村龍一　真夏のバディ
吉行あぐり／吉行和子　あぐり白寿の旅
吉行淳之介　子供の領分
米澤穂信　追想五断章
米原万里　オリガ・モリソヴナの反語法
米山公啓　医者の上にも3年
米山公啓　命の値段が決まる時
隆慶一郎　一夢庵風流記
隆慶一郎　かぶいて候
連城三紀彦　美女
連城三紀彦　隠れ菊(上)(下)
わかぎゑふ　秘密の花園
わかぎゑふ　ばかちらし
わかぎゑふ　大阪の神々
わかぎゑふ　花咲くばか娘
わかぎゑふ　大阪弁の秘密
わかぎゑふ　大阪人の掟
わかぎゑふ　大阪人、地球に迷う
わかぎゑふ　正しい大阪人の作り方
若桑みどり　クアトロ・ラガッツィ(上)(下)　天正少年使節と世界帝国
若竹七海　サンタクロースのせいにしよう
若竹七海　スクランブル
和久峻三　夢の浮橋殺人事件　あんみつ検事の捜査ファイル
和田秀樹　痛快！心理学 入門編　―なぜ僕らの心は壊れてしまうのか
和田秀樹　痛快！心理学 実践編　―どうしたら私たちはハッピーになれるのか
渡辺淳一　白き狩人
渡辺淳一　麗《うるわ》しき白骨
渡辺淳一　遠き落日(上)(下)
渡辺淳一　わたしの女神たち

渡辺淳一 新釈・からだ事典
渡辺淳一 シネマティク恋愛論
渡辺淳一 夜に忍びこむもの
渡辺淳一 これを食べなきゃ
渡辺淳一 新釈・びょうき事典
渡辺淳一 源氏に愛された女たち
渡辺淳一 マイ センチメンタルジャーニィ
渡辺淳一 ラヴレターの研究
渡辺淳一 夫というもの
渡辺淳一 流氷への旅
渡辺淳一 うたかた
渡辺淳一 くれなゐ
渡辺淳一 野わけ
渡辺淳一 化身(上)(下)
渡辺淳一 ひとひらの雪(上)(下)
渡辺淳一 鈍感力

渡辺淳一 冬の花火
渡辺淳一 無影燈(上)(下)
渡辺淳一 孤舟
渡辺淳一 女優
渡辺淳一 仁術先生
渡辺雄介 MONSTERZ
渡辺葉 やっぱり、ニューヨーク暮らし。
渡辺葉 ニューヨークの天使たち。

*

集英社文庫編集部編 短編復活
集英社文庫編集部編 短編工場
青春と読書編集部編 COLORSカラーズ

集英社文庫

あんみつ検事《けんじ》の捜査《そうさ》ファイル　夢《ゆめ》の浮橋殺人事件《うきはしさつじんじけん》

1998年11月25日　第1刷　　定価はカバーに表示してあります。
2016年4月25日　改訂新版　第1刷

著　者　和久峻三《わくしゅんぞう》

発行者　村田登志江

発行所　株式会社　集英社
東京都千代田区一ツ橋2-5-10　〒101-8050
電話　【編集部】03-3230-6095
【読者係】03-3230-6080
【販売部】03-3230-6393（書店専用）

印　刷　大日本印刷株式会社

製　本　大日本印刷株式会社

フォーマットデザイン　アリヤマデザインストア　　マークデザイン　居山浩二

ISBN978-4-08-745433-8 C0193